KB048963

머뭇거리지 말고 시작해

나를 움직인 한마디

머뭇거리지 말고 시작해

공선옥, 곽재구, 박재동, 박완서, 안도현, 한비야 외 지음

샘터

사랑한다는 말은
가시덤불 속에 핀 하얀 찔레꽃의 한숨 같은 것

내가 당신을 사랑한다는 말은
한 자락 바람에도 문득 흔들리는 나뭇가지

당신이 나를 사랑한다는 말은
무수한 별들을 한꺼번에 쏟아 내는 거대한 밤하늘이다

어둠 속에서도 훤히 얼굴이 빛나고
절망 속에서도 키가 크는 한마디의 말

_이해인, 〈황홀한 고백〉 중에서

넘어지면 또 일어나라

다들 제 몫을 견디며 사는 거야

머뭇거리지 말고 시작해

잘 가는 자 발자국이 없다

넘어지면 또 일어나라

넘어지면 일어나고 다시 넘어지면 또다시 일어나라, 수없이 넘어지고
또다시 일어나라고, 그러면 설 곳이 있으리라고 신어머니 무당이 말했다.
방금 두터운 알을 깨고 나온 새끼 무당에게.
그 후 나도 그 말을 나 자신에게 해주고 또 해주면서 살았다.
"넘어지면 일어나라. 또 넘어지면 또다시 일어나라. 내가 설 곳이 있으리라……."

넘어지면 일어나라

_이경자

아주 오래전에 조각을 전공한 후배가 내림굿을 하게 됐다. 딱 두 사람을 초대했는데 그중에 내가 끼었다. 내림굿은 새벽에 산으로 올라가 산신을 맞이하는 것으로 시작했다. 새벽에 산으로 올라가는 일이라 전날 밤 미리 내림굿을 해주는 무당의 집에서 잠을 자야 했었다. 난생처음 내림굿을 보고 그것도 무당의 집에서 자야 한다는 게 마음 편하지는 않았다.

후배가 신어머니로 모신 무당은 이문동에 살고 있는 김금화 선생님이었다. 그분은 서울대학교 출신에 캘리포니아 대학에서 민속학을 전공하는 인텔리 여성에게 내림굿을 해줘서 유명해진 분이었다. 최고 학벌의 여성이 최하 신분의 무당을 선택하게 된 것이 화제였었다. 다음 날 동트는 새벽 삼각산 기슭으로 올라가 산신을 맞고 굿당으로 돌아와 하루 종일 굿을 했다.

나는 이미 유년기에 의식이 서구화된 사람이었다. 서양적이지 않은 풍속은 다 무식하고 무지하고 미개하다고 믿고 있었다. 그렇게 의식화된 내가 지극히 한국적인 것의 표상이나 다름없는 굿을 본다는 게 내면으로부터 두렵고 수치스러웠다. 굿을 보고 음식을 먹으면서도 나는 당신들과는 다르다는 오만을 한시도 버리지 않았다. 멸시와 오만을 함께 지닌 채 경멸의 눈으로 굿을 보았다.

무당이 될 사람은 자신이 모실 신을 받아야 했다. 신을 받고 그 신을 모시고 나면 신어머니가 방울과 부채를 치마폭에 던져 줬다. 방울과 부채는 무당의 기본적인 무구(巫具)였다. 무구는 신과 인간을 연결시켜 주는 매개물이고 무업에 쓰이는 가장 중요한 성물(聖物)이었다. 신어머니로부터 방울과 부채를 받음으로써 새로운 무당의 탄생이 이루어진 셈이었다. 신어머니 무당은 새끼 무당의 치마폭에 무구를 던져 주기 전에 하염없이 구슬픈 목소리로 축원하였다.

외기러 가세 불리러 가세/검으나 땅에 희나 백성/굽어 보살펴 잘 도와줄 때/정한 마음으로 원수가 있거든/내리 사랑하고 잘 도와주어라/불리러 가요 외기러 가요/닫은 문을 열러 갈 때 나를 따라오너라/나를 따라올 때/험하고 머나먼 길이니라/대신명님을 뫼시고 올 때/가도 끝이 없고/가고 또 갈 때/나만 좇아오거라/오다가 보면 돌부리가 있다/ 또 가시덤불이 있다/산을 넘고 물을 건너라/깊은 물 옅은 물 찬물 더운물 수없이 있느니라/건너다 지치면/힘을 내고 용기를 얻어라/모든 시련과 싸워 이기고 극복하여라/멀리 보고 힘을 갖고 결심하여라/네가 가고 있는 길을 잊지 말고/명심하여야 한다/높이 보고 가거라/깊이 생각하며 가야 하느니라/옆눈을 뜨지 마라/생각을 해보아라/높고 옅고 깊은 데가 있으니/마음을 다져야 한다/다 겪고 겪다 보면 지친다/지치면 넘어진다/넘어지면 일어나거라/일어나면 또 넘어진다/또 넘어져도 다시 일어나야 하느니라/다시 넘어진다/다시 딛고 일어나거라/수없이 넘어지고 수없이 일어나거라/넘어지고 넘어지다 보면/네가 설 곳이 있느니라/이리 오너라 가까이 오너라/이만치 오너라/잘 받아라 잘 받아야 한다

신어머니 무당은 울고 있는 새끼 무당에게 이렇게 축원한 뒤 치마폭에 방울과 부채를 던져 줬다.

나는 울고 있는 새끼 무당과 준엄하고 한없는 연민의 정이 가득한 신어머니 무당을 지켜보면서 자꾸만 따라 울었다. 내 내면 깊이 쇳덩이처럼 들어앉아 있는 무당에 대한 경멸이 부끄러웠고 누가 내 인생에 대해 저토록 아름답게 격려해 줬던가 하는 사무치는 외로움 때문에 울었다.

누구에게라도 사는 일은 험하고 머나먼 길일 것이었다. 가시덤불을 헤쳐 가야 하고, 깊고 얕고 차고 더운 물을 건너야 하고, 높은 산과 수없이 만날 것이었다. 그때 멀리 보고 시련과 싸워 이기고, 가는 길을 잊지 말고, 높이 보고, 옆눈을 뜨지 말고, 마음을 다져야 했다. 그래도 지칠 것이며 지쳐서 넘어질 것이었다.

넘어지면 일어나고 다시 넘어지면 또다시 일어나라, 수없이 넘어지고 또다시 일어나라고, 그러면 설 곳이 있으리라고 신어머니 무당이 말했다. 방금 두터운 알을 깨고 나온 새끼 무당에게.

그 후 나도 그 말을 나 자신에게 해주고 또 해주면서 살았다.

"넘어지면 일어나라. 또 넘어지면 또다시 일어나라. 내가 설 곳이 있으리라……."

✱ 이경자 | 《절반의 실패》, 《혼자 눈 뜨는 아침》 등의 작품을 통해 여성들이 처한 현실에 대해 말해 온 소설가입니다. 1973년 서울신문 신춘문예에 단편 〈확인〉이 당선되어 등단하였습니다. 다른 작품으로는 소설집 《꼽추네 사랑》, 《할미소에서 생긴 일》, 장편 소설 《배반의 성》, 《머나먼 사랑》, 《황홀한 반란》, 《사랑과 상처》, 《정은 늙지도 않아》, 《그 매듭은 누가 풀까》, 산문집으로 《남자를 묻는다》, 《이경자, 모계 사회를 찾다》 등이 있습니다.

눈 녹으면 땅 드러날 날 있는 거야

_백창우

아버지 산소에 나무 심으러 가는 날

흙먼지 길 50리 마음 심으러 가는 날

하늘살이 3년 된 아버지

요즘은 뭘 하며 지내시나

세상엔 다시 봄이 와

아버지 그리 좋아하시던 진달래도

산마다 붉게 타는데

지내실 만한지

겨울은 잘 나셨는지

올봄엔 진달래 꽃잎 따다

술이나 담글까

그 내음에 취해

노래나 몇 개 만들게

아버지 산소에 나무 심으러 가는 날

따뜻한 봄볕 아래 한잠 자러 가는 날

― 졸시 〈아버지 산소에 나무 심으러 가는 날〉 전문

사는 게 아주 힘들 때, 곁에 아무도 없어 몹시 외로울 때,
어디에도 희망의 별이 보이지 않아 막막할 때 나는 오포리
에 간다.

아버지 무덤이 있는 동산에 올라가 한동안 서성거리다
온다. 무덤에 기대 한참 하늘을 바라보기도 하고 무덤 앞에
서서 아주 높은 데 올라온 것처럼 조금 거만하게 세상을 내
려다보기도 한다. 거기서 피는 담배는 참 맛있다. 아버지도
담배를 좋아하셨는데, 교회 사람들이 보면 불편할까 봐 사
람들이 없는 외진 곳이나 다른 동네에 갔을 때만 피우곤 하
셨다.

늦둥이로 태어난 나를 아버지는 참 예뻐하셨다. 내가 걸
음마를 뗀 뒤부터는 어디든 데리고 다니셨다. 전차를 처음

타본 것도, 아버지가 담배 피우는 모습을 처음 본 것도 그때
였다.

그렇지만 나는 아버지가 담배를 피운다는 것을 식구들은
물론 아무에게도 얘기하지 않았다. 내가 처음 가졌던 '비밀'
이었다.

자식들에게 엄하던 아버지가 우리 형제들을 다 모아 놓고
회초리를 들 때도 내 차례가 되면 아버지는 어머니에게 눈

치를 보내곤 했다. 얼른 말리라는 신호였다. 아버지의 '막내 봐주기'는 아버지가 돌아가실 때까지 계속되었다. 고등학교 때는 내 이름으로 된 통장에 들어오던 장학금을 몰래 다 빼서 써버린 적이 있었는데, 아버지는 나중에 그 사실을 알고서도 "녀석, 참" 하고는 그만이었다.

내가 초등학교 5학년 때 이야기다. 교회 장로이던 아버지가 건축 위원장인가 뭔가 하는 자리를 맡아 교회를 새로 짓는 일을 하고 있었는데 무슨 문제가 있었는지 건축 책임자이던 아버지에 대해 이런저런 말들이 떠돌았던 모양이다. 어느 날인가 잠을 자다가 늦은 시간에 어머니, 아버지가 나누는 얘기를 듣게 되었다.

어머니가 아버지에게 참 답답한 양반이라고 하면서 왜 사람들에게 있는 그대로 다 얘기하지 않느냐고, 그런 소리를 들으면서도 왜 아무 말도 하지 않느냐고 쏘아붙이고 있었는데, 얼마 동안 듣기만 하던 아버지가 짧게 한마디했다. "눈 녹으면 땅 드러날 날 있는 거야. 몸으로 말하는 것 이상의 말이 어디 있어."

어린 내가 그 말뜻을 제대로 알지는 못했겠지만 그 말이 참 그럴듯하게 느껴졌었다. 그리고 아버지가 참 든든해 보였다.

내가 어른이 되어 한참 분주하게 활동하던 때, 무슨 일로 한동안 사람들 입에 오르내린 적이 있다. 나는 무척 속이 상했다. 소문은 무성했지만 아무도 내게 그 소문에 대해 묻지 않았다.

하루는 나를 아끼던 어른 한 분이 어디선가 그 소식을 듣고 나를 조용히 불러 그 소문에 대해 묻고는, 왜 사람들에게 이건 이렇고 저건 저렇다고 속마음을 다 얘기하지 않느냐고 했다.

그때 문득 어릴 적 들었던 아버지의 한마디가 내 안에서 다시 살아났고 나는 그분에게 그대로 얘기했다. 눈이 아무리 많이 덮여 있어도 눈 녹으면 언젠가 땅 드러날 날이 있을 거라고, 나중에 다 알게 될 걸 굳이 말로 할 필요가 어디 있느냐고, 그저 몸으로 보여 주고 싶다고, 말이다. 조금 느리고 답답할는지는 몰라도 나는 그게 더 좋다. 그게 더 참다운 것 같다.

나는 내 멋대로 산다. 누가 뭐래도 내가 하고 싶은 것을 하면서 산다. 나처럼 사는 게 나밖에 없다 하더라도 나는 나다.

오늘도 나는 그냥 '나'로 산다. 이 세상에 하나밖에 없는 '나'로 말이다. 아버지도 아마 그걸 더 좋아하실 거다.

✽ 백창우 | 따뜻한 노래를 짓는 작곡가이자 가수입니다. 《이원수 동요집》, 《딱지 따먹기》 같은 스무 권의 동요 작곡집과 〈노래마을〉 등의 어른들을 위한 음반을 냈습니다. 우리나라에서 처음으로 어린이 전문 음반사 '삽살개'를 만들어 전래 동요와 창작 동요를 음반과 책으로 담는 일을 하고 있으며, 시노래 모임 '나팔꽃' 동인으로 나팔꽃이 펼치는 크고 작은 공연을 연출하고 있습니다.

배울 것이 남아 다시 태어난다

_임영태

여러 해 전에 어떤 일로 마음에 깊은 상처를 받은 적이 있다. 사람이 무서워지면서 산다는 일 자체에 환멸이 느껴질 정도로 힘든 시간이었다. 의연히 잊어버리려 아무리 노력해도 끝내 억울함이 삭여지지 않고 수시로 노여움만 치솟아 올라 견딜 수가 없었다. 오해가 묘하게 얽혀 있는 일이어서 싸움으로 풀 일이 아니다 보니 나중엔 분노의 방향이 나 자신에게로 향했다. 이른바 자학이다.

'이 천하에 한심하고 바보 같은 놈, 그 나이 먹도록 세상이 이렇다는 걸 그리도 몰랐단 말이냐!'

한동안 그렇게 깊은 자조와 무력감에 빠져 지냈다. 정말

고통스러울 때엔 술도 마시지 않게 된다는 걸 그때 처음 알았다. 술기운으로 잊어 본들 술 깨고 나면 생생히 다시 떠오르게 되므로 그런 허망한 반복이 싫어 아예 맨정신으로 고통을 곱씹게 된다.

그 무렵 한 권의 책을 읽었다. 티베트 밀교와 관련하여 윤회 사상을 설명하는 책이었는데, 인간이 계속 새로 태어나며 윤회를 거듭하는 이유를 거기에선 이렇게 주장하고 있었다.

"배울 것이 남아 있어 다시 태어난다."

우리는 무언가를 배우기 위해 이 세상에 온 것이란다. 그리고 우리가 이 생에서 겪는 모든 일은 그 무언가를 배우도록 주어지는 것이란다. 질병이나 이별, 오해의 상처 등 모든 고통의 경험들 또한 배움을 위해 주어지는 것이다. 윤회 사상에 따르면 우리가 겪는 모든 고통이야말로 우리가 이 생에 다시 온 이유이다. 그 안에 우리가 배워야 할 것이 있기 때문이다. 무엇을 배울 것인가, 무엇을 배우라 하는가, 고통 앞에서 그렇게 말할 수 있을 때 우리는 자기 삶의 목적과 정면으로 마주 서게 되는 것이다.

윤회의 사생관(死生觀)은 이처럼 우리가 살면서 겪는 모든 욕망과 상처를 가장 합리적으로 이해시켜 준다. 이해할 수 없는 배신이나 폭력, 감당하기 힘든 소외, 설움, 분노, 애욕…… 이런 고통들을 나의 고통으로 받아들이게 해준다. 우리로 하여금 묵묵히 고통 속으로 걸어 들어가면서 그 의미를 찾아보게 하는 것이다.

나는 그날 이후로 윤회주의자가 되었다. 배울 것이 있어 다시 태어난다는 이 말을 나는 종교로서가 아니라 하나의 철학이자 인생관으로 가슴에 새겨 넣었다. 견디기 힘든 상처나 고통 앞에서, 나는 바로 이것을 만나기 위해 태어난 것이다, 하고 말할 수 있다는 건 얼마나 귀한 태도인가. 고통을 다 납득하진 못할지라도, 그리하여 온전히 다 배우지는 못할지라도, 노여움의 화살을 세상에 쏘아대는 대신 '이 고통으로부터 무엇을 배울 것인가?' 묵묵히 자문하노라면 그때 적어도 누구를 원망하기보다는 모든 걸 내게 필요한 내 몫으로 인정하게 되는 고요한 겸손이 시작된다.

✱ 임영태 | 소설가입니다. 1994년 제18회 오늘의 작가상을 수상하였고, 장편 《비디오를 보는 남자》, 《달빛이 있었다》, 《여기부터 천국입니다》, 소설집 《무서운 밤》 등의 작품이 있습니다.

우주에서 바라다보라

_강인선

왜 유독 내게만 서러운 일이 많은 것인지, 하찮은 일에도 곧 잘 눈물을 그렁그렁 떨어뜨렸다. 물론 아주 어렸을 때의 이 야기다. 웬만해선 분이 잘 삭지 않아서 어린 나이에도 그렇게 사는 게 괴로웠다. 내 기억의 창고 가장 밑바닥을 들추면 지금도 가슴이 아련해지는 추억이 숨 쉬고 있다.

물리 선생님이었던 아버지는 《우주의 역사》라는 원색 도 감을 펼쳐 놓고, 그날도 무엇 때문인지 작은 일에 서럽게 울고 있는 어린 딸을 우주 속으로 이끌었다.

"봐라, 봐. 이게 지구다. 우주에서 바라다본 지구."

예쁜 그림책을 보며 하늘나라 천사들의 꿈을 키울 나이에 태양계를 담은 우주의 모습은 충격 그 자체였으니! 눈물을 훔치며 뿌연 시선으로 우주를 내려다보자 두려움이 엄습했다. 흑점이 이글거리는 커다란 태양이 보이고, 캄캄한 우주 공간에 아홉 개의 행성이 태양을 중심으로 떠 있다. 그 세 번째 별이 바로 우리가 살고 있는 지구다. 행성 중 토성은 띠를 둘렀고 화성은 달이 두 개다. 해왕성, 명왕성…… 별들의 자전과 공전, 중력과 인력 등등, 아버지의 광활한 우주 이야기는 두렵고도 경이로웠다. 은하계, 안드로메다 성운, 수천억 개의 별이 떠 있는 우주, 그리고 그 너머까지. 서러움은 어느새 잦아들었지만 대신 어지럼증이 일었다.

"우주의 나이로 보면 지금 우리가 사는 이 시대는 스치듯 지나가는 찰나에 불과한 거다." "먼지에 불과한 이 찰나를 살면서 사소한 일로 괴로워하는 것은 어리석은 거야." 아버지는 등을 토닥여 주면서 속 좁고 여린 딸을 위로했다.

"우주에서 바라다봐. 하찮고 하찮은 일에 괴로워 말고."

그 말을 듣는 순간, 아득해지면서 아버지의 이 한마디가 딸의 가슴에 시리게 와 닿았다. 그것은 영원히 잊지 못할 아주 특별하고도 생생한 경험이자 감동이었다. 우주. 그래, 우주에서 바라다보자. 우주에서 보면 지금의 이 괴로움은 순

간이고 이 정도의 슬픔은 아무것도 아닌 거야.

　읽을거리나 볼거리가 많지 않았던 시절에 《과학 대백과사전》이나 《원색 과학도감》 같은 하드커버 양장본의 두툼한 컬러 전집 시리즈들을 한 장 한 장 넘길 수 있는 건 커다란 축복이었다. 본 그림을 또 보고, 깨알 같은 글들을 읽고 또 읽었다.

두려움과 호기심이 교차하는 서늘한 심정이었지만 책을 펼치면 우주로 한없이 빠져 들 수 있어서 좋았다. 우주 그 너머에는 무엇이 있는지 아무도 알 수 없다. 우주에 끝이 있기나 한 걸까? 그 끝이 진정한 끝이 아니라면? 그 우주는 어린 딸의 머릿속에서 거대한 상상의 파도를 타고 끝없이, 끝없이 펼쳐졌다.

삶이 버거울 때면 딸은 눈앞에 펼쳐진 우주에 떠서 지구를 바라다보는 은밀한 상상을 하게 된다. 우주, 저 높은 곳에서 내려다보기. 지구는 항상 그녀의 발아래서 작은 공처럼 빛나고 있다. 손바닥만 한 세상, 한 점으로도 느껴지지 않는 세상의 덧없음……. 상상 속의 캄캄한 우주 공간에서 지구를 내려다보며 평온한 유영을 한다.

"우주에서 바라다보라!" 아빠의 한마디는 성장기 내내 딸의 영혼을 돌보아 주었고, 인생의 고비마다 그녀를 보듬어 주는 위로의 메시지로 남아 있다.

✽ 강인선 | 홍익대 미술대학을 졸업한 후 만화 잡지 〈보물섬〉 기자를 거쳐 〈댕기〉, 〈아이큐점프〉 편집장을 지냈으며, 〈윙크〉, 〈밍크〉, 〈나인〉, 〈오후〉 등의 다양한 만화 잡지를 창간했습니다. 현재 (주)거북이북스의 대표 이사이며, 청강문화산업대학 만화창작과 겸임 교수이기도 합니다.

나를 기관 단총처럼 써먹게

_안도현

1989년 8월부터 1994년 2월까지 내 이름 앞에는 '해직 교사'라는 말이 붙어 있었다. 해직 교사라는 말을 들을 때마다 내 마음속에는 두 가지의 심리 상태가 서로 충돌하곤 하였다.

기꺼이 한 시대를 짊어지고 가려는 자의 자긍심이 그 하나라면, 때로 주변의 따가운 눈총 때문에 생기는 현실적 모멸감이 그것이다.

　　연탄재 함부로 발로 차지 마라
　　너는

누구에게 한 번이라도 뜨거운 사람이었느냐

– 졸시 〈너에게 묻는다〉 전문

내가 쓴 시 중에 꽤 많은 분들이 기억해 주는 작품이다. 제목은 '너에게 묻는다'이지만 실은 '나'에게 엄중히 묻고, '나'를 아프게 채찍질하자는 뜻으로 쓴 시다. 나 아닌 다른 이에게 한순간이라도 뜨거운 사람이 되는 일, 그것으로 학교에서 쫓겨난 자의 비애를 스스로 다스리고자 했다. 그래야만 그 가파른 시대를 견뎌 낼 수 있을 것 같았다.

특별한 직업 없이 전교조 사무실에서 상근을 하는 동안 내가 주로 하는 일은 학교를 방문하는 것이었다. 신문이나 홍보 유인물을 들고 낯선 학교의 교무실 문을 두드리는 일이 처음에는 얼마나 어색했는지 모른다. 학교의 관리자인 교장, 교감 선생님들은 전교조가 불법 단체라는 이유를 들어 극구 우리의 출입을 막았다.

그것은 높다란 벽이었으며, 한편으로는 까마득한 벼랑이었다. 그 벽에다 대고 목소리 높여 가며 삿대질하는 일이 잦아지면서 나는 서서히 '사나운 운동권'이 되어 가고 있었다. 하지만 목소리를 높인 뒤에 찾아오는 허탈감이 무엇보다 견디기 힘들었다.

"나를 기관 단총처럼 써먹게."

땅바닥에 털썩 주저앉고 싶은 생각이 들 때면 이 말을 떠올렸다. 《닥터 노먼 베쑨》이라는 책을 읽다가 밑줄을 그어둔 구절이다. 캐나다 출신의 의사인 노먼 베쑨은 자신이 가진 지식과 기술과 열정을 이 세상에다 송두리째 바치고 간 사람이었다. 그도 유수한 개업의로서 물질적인 부를 쌓으면서 누구보다 안정된 생활을 향유할 수 있었다. 그러나 1920년대 중반의 현실은 그를 현실에 안주하는 의사로 가만 놔두지 않았다. 가난 때문에 병들어 죽어 가는 사람들을 보면서 그는 삶을 뒤바꿀 중요한 깨달음을 얻는다.

"의료 행위를 가장 필요로 하는 사람들은 그 의료비를 감당할 여유가 없는 가장 가난한 사람들이다."

노먼 베쑨은 질병에만 관심을 가지는 의사가 되어서는 안 된다고 생각했다. 질병을 일으키는 주변 환경을 총체적으로 이해하는 것이 올바른 진료에 이르는 길이라고 믿었다. 물론 어떤 특수한 분야의 전문가가 되려면 그 분야에 몰입해야 한다. 그러나 내부로의 몰입이 지나쳐 외부 현실을 보는 눈을 잃게 된다면 알 빠진 안경을 쓰고 있는 꼴이 되고 말

것이다. 특히 그것이 인간의 생명과 관련된 일이라면 인간을 위협하는 매우 이기적인 행위가 될 수도 있다. 노먼 베쑨은 폐결핵을 수술로 치료하는 획기적인 기술을 개발한 전문가이면서도, 결핵으로 죽어 가는 젊은 여성 환자의 입에 키스를 해줄 줄 아는 감동적인 휴머니스트였다.

그는 국경을 넘어 스페인의 반제국주의 투쟁과 중국의 신민주주의 혁명을 돕는 일에 몸을 던진다. 포탄이 쏟아지는 전쟁터에서도 철저하게 환자의 입장에 서고자 했기에 모든 중국 민중이 추앙하는 영웅이 될 수 있었다. 그는 헌신적으로 부상병을 수술하던 중 손가락에 패혈증이 감염되어 죽어 가면서 자신을 기관 단총처럼 써먹으라고 소리쳤다. 그때 그의 나이는 마흔아홉이었다.

✸ 안도현 | 맑은 시심을 바탕으로 낭만적 정서를 뛰어난 현실감으로 포착해 온 시인입니다. 시집으로 《그대에게 가고 싶다》, 《외롭고 높고 쓸쓸한》, 《그리운 여우》, 《아무것도 아닌 것에 대하여》, 《너에게 가려고 강을 만들었다》가 있습니다. 어른을 위한 동화 《연어》, 《짜장면》 등을 펴냈으며, 산문집으로 《외로울 때는 외로워하자》, 《100일 동안 쓴 러브레터》 등이 있습니다. 현재 우석대 문예창작학과 교수입니다.

네가 가만있는데, 내가 왜……

_천경수

대학원 석사 과정에 들어와 맞은 첫 여름 방학 때, 실험도 배우고 경험도 넓혀 보라고 지도 교수님께서 미국 위스콘신 대학교 의과대학으로 나를 보내셨다. 피부암 모델 연구를 막 시작한 나에게 그 분야의 선구자 밑에서 직접 배울 수 있는 참 소중한 기회가 주어진 것이다. 양쪽 교수님 간에 합의가 이루어졌고 도움을 주기로 약속한 상태라서, 마음 놓고 두 달여 동안 열심히 배워 오리라는 각오를 가지고 첫 해외 여행에 올랐다.

미국에 도착한 바로 다음 날, 시차 적응도 되지 않았지만 실험실 적응을 위해 바로 등교하여 분위기 파악에 나섰다.

실험실 구성원 중 한 사람이 실험실의 구조며 실험 기구가 있는 위치, 논문을 찾을 수 있는 도서관 등 연구에 도움이 될 만한 사항들을 알려 주었다. 한국보다 여유 있는 공간과 처음 보는 기기들을 보면서 부러운 마음이 앞섰고, 한편으로는 많은 것을 배워 갈 수 있겠다는 기대감에 마음이 부풀어 올랐다.

다음 날부터 관련 논문을 열심히 찾아 복사하고 읽기 시작했다. 많은 논문을 읽고 난 후 실험할 준비가 되었다고 생각됐지만, 어느 누구도 나에게 실험을 가르쳐 주는 사람이 없었다. 하지만 '교수님끼리 서로 도와주기로 약속이 되었으니까 때가 되면 누가 날 지도해 주겠지, 어련히 알아서 가르쳐 줄 텐데 내가 자꾸 재촉하고 보채면 이 사람들이 싫어할 거야'라고 생각하며 일주일을 기다렸다. 서서히 초조한 마음이 들기 시작했다. 이러다간 아무 실험도 배우지 못하고 돌아갈 거라는 절망감에 이어, 믿었던 교수님에 대한 배신감마저 들기 시작했다.

기다리다 지친 나는 나와 나이가 비슷해 보이는 홍콩 출신 석사 과정 학생에게 따지기 시작했다. 왜 아무도 날 가르쳐 주지 않느냐고. 그 친구는 어이없다는 표정을 지으며 이렇게 말했다. "네가 가만있는데 왜 내가 널 가르쳐야 하니? 무엇을, 어떻게, 언제 배우고 싶은지 네가 요구해야지, 우리가 어떻게 모든 것을 알아서 네가 필요한 걸 알려 주니?"

그 말을 들은 난 얼굴이 붉어졌고 순간 머리가 멍해지는 것 같았다. '이건 한국이랑 다르잖아.' 한국에서도 실험을 배우기 위해 다른 학교나 실험실에 파견되는 경우가 종종 있다. 그런 경우 아주 친절히, 시간을 할애하면서 파견 나온 학생을 처음부터 끝까지 지도해 주는 것이 일반적이었다. 참 어리석게도, 나 혼자 한국적인 생각을 하면서 그들을 원망하고 있었던 것이다.

그런 말을 들은 나로서는 더 이상 기다릴 수만은 없었다. 그다음 날부터 실험식 구성원들을 만나 여분의 마우스(실험용 생쥐)가 있는지 묻고, 실험에 필요한 마우스를 확보했다. 그리고 실험 계획을 짜고 필요한 시약과 기기 사용을 예약해 가면서 차분히 실험을 준비하기 시작했다. 나를 지켜보던 미국 학생들은 그제서야 비로소 더 필요한 것이 없는지 물어봐 주고, 내가 미처 챙기지 못한 것까지 일러 주는 호의를 베풀었다.

내가 적극적으로 나와야 그들도 적극적으로 도와준다는

것을, 소중한 시간을 낭비하고서야 깨달은 것이다. 결국 내가 배우고자 했던 실험을 모두 배워서 돌아올 수 있었다. 그때 나에게 소중한 깨달음을 준 그 홍콩 친구는 지금도 1년에 한 번씩 꼭 학회에서 만나 회포를 푸는 친한 친구가 되었다.

박사 후 과정을 밟기 위해 미국에 온 지 1년이 조금 넘게 지난 지금도 가끔씩 아무것도 하지 않고, 나서야 될 때 뒤로 물러서거나 그저 기다리기만 하는 내 모습을 보게 된다. 이럴 때면 나는 그 말을 생각한다. "네가 가만있는데, 내가 왜……." 적극적인 태도가 타지인 이곳에서 살아남게 하는 힘인 것 같다.

✽ 천경수 | 미국암학회에서 수상하는 '젊은 과학자상'을 5년 연속 받은 주목받는 과학도입니다. 서울대 약학대학 및 동 대학원을 졸업하였으며, 지금은 미국 국립환경보건원(NIEHS)에서 박사 후 과정을 밟고 있습니다.

큰 열매를 맺는 꽃은 천천히 핀다

_이순원

초등학교를 졸업한 지 35년이 지난 지금도 우리 시골 친구들은 언제나 '희망등 선생님' 얘기를 한다. 강릉에서 오래도록 선생님 생활을 하시다가 몇 년 전 정년 퇴임하신 권영각 선생님이 바로 그분이다.

우리가 선생님을 처음 만난 건 초등학교 5학년 때였다. 전기도 들어오지 않는 대관령 아래 산간 마을에 그때 나이로 스물다섯 살쯤 된 새신랑 선생님이 전근을 오셨다. 다른 선생님들은 강릉에서 자전거로 통근하셨지만 선생님은 전근 온 지 한 달 만에 학교 옆에 방 한 칸을 얻어 사모님과 함께 들어오셨다. 도시 아이들보다 상대적으로 불리한 여건에

서 공부를 하는 우리들을 위해 일부러 산골 마을로 들어와 신혼살림을 차리신 것이었다. 그때 우리는 너무 어려 그 뜻을 잘 몰랐다.

선생님은 다음 날부터 저녁마다 교실에 남포를 밝혀 놓고

우리의 처진 공부를 채워 주셨다. 중학교를 시험 봐서 들어
가던 시절이었다. 그때 선생님 책상에 놓인 남포의 상표가
바로 '희망등'이었는데, 우리는 선생님을 그렇게 불렀다.
지금도 우리 친구들은 선생님을 '희망등 선생님'이라고 부
른다.

　얼마 전 동창회를 했을 때, 한 여자 친구가 이런 말을 했
다. 그때 선생님이 사모님과 함께 학교 옆에 들어와 사시는
모습을 보고, 자기도 이다음에 어른이 되어 결혼을 하면 꼭
저렇게 좋은 모습으로 살아야겠다고 생각했다는 것이다. 선
생님은 사모님과 함께 시골에 들어와 사시는 모습으로도 어
린 제자들에게 큰 희망을, 모범을 보여 주셨다.

　초등학교 5학년 2학기 때의 일이다. 교내 백일장에서는
물론 군 대회같이 큰 백일장에 나가서도 매번 떨어지는 나
에게 선생님은 이런 말씀을 하셨다. 그때 군 대회에 나가 아
무 상도 받지 못하고 빈손으로 돌아온 다음이어서 어린 마
음에도 나는 참으로 큰 낙담을 했었다. 그런 나를 선생님이
학교 운동장 가에 있는 커다란 나무 아래로 불렀다.

　"너희 집에도 꽃나무가 많지?"

　"예."

"같은 꽃 중에서도 다른 나무나 가지보다 더 일찍 피는 꽃이 사람의 눈길을 끌지. 그렇지만 이제까지 선생님이 보니까 그 나무 중에서 아주 일찍 피는 꽃들은 나중에 열매를 맺지 못하더라. 나는 네가 어른들 눈에 보기 좋게 일찍 피는 꽃이 아니라 이다음 큰 열매를 맺기 위해 조금 천천히 피는 꽃이라고 생각한다. 선생님이 보기에 너는 클수록 단단해지는 사람이거든."

어린 영혼에 대한 격려는 바로 이런 것인지 모른다. 나에게만 그랬던 것이 아니라, 저마다 방법이 달랐지만 우리 친구들 모두 '희망등 선생님'에게 그런 사연 하나씩 가지고 있다. 너는 손재주가 참 대단하구나. 또 너는 이런 것을 잘하는구나. 그리고 너는 또 저런 것을 참 잘하는구나. 또 집안이 가난해 중학교를 가지 못하는 아이에겐, 지금은 집안이 가난해 중학교를 가지 못해도 너는 부지런하니까 이 부지런함만 잃어버리지 않는다면 어른이 되어서도 큰 부자로 살거다, 하고 선생님은 우리들 하나하나에게 그런 칭찬으로 용기를 주셨다.

선생님은 우리가 앞으로 어른이 되어 살아가는 동안 어디 가서도 기죽지 않고 자신의 뜻을 펼칠 자신감을 어린 가슴마다 심어 주셨다. 나는 스물한 살 때부터 본격적인 작가 수업을 했다. 10년 가까이 신춘문예에 연속 낙방을 하면서도 포기하지 않았던 것도 어린 시절에 들은 선생님의 격려 한마디가 참으로 큰 힘이 되었다. 이렇듯 사람은 누군가의 칭찬과 격려로 자란다.

지난번 뵈었을 때 선생님은 어른이 된 다음에도 우리 친구들을 하나하나 칭찬하며 훌륭한 제자들을 두고 있는 것이야말로 얼마나 좋으냐고 하셨지만 정말 훌륭한 선생님을 마음속에 두고 있는 것이야말로 얼마나 아름다운 일인가?

✸ 이순원 | 소설이 삶에 대한 이야기라는 사실을 누구보다 여실히 말해 주는 소설가입니다. 1988년 〈문학사상〉 신춘문예에 단편 〈낮달〉이 당선되면서 본격적인 작품 활동을 시작하였습니다. 주요 작품으로 《압구정동엔 비상구가 없다》, 《첫사랑》, 《해파리에 관한 명상》, 《19세》, 《색, 그 물빛 무늬》, 《그가 걸음을 멈추었을 때》, 《순수》, 《은비령》 등이 있습니다.

날지 못하는 것은 운명이지만,
날아오르려 하지 않는 것은 타락이다

_홍기돈

'삶이 허무하다'고 생각했던 적이 있다. 1990년대 중반 즈음이다. 지저분한 현실이 변화할 조짐은 엿보이지 않았으며, 끈적끈적한 욕망의 찬미가 마치 진보인 양 문화계 전반을 수놓을 때였다. 도대체 이해할 수가 없었다. 광장을 메우던 그들은 모두 어디로 가버렸나. 나침반처럼 방향을 지시하던 이념이란 한낱 자기 최면에 불과한 것이었던가. 욕망이란 하나의 덫처럼 우리를 옭아매는 그림자에 불과할 텐데 왜들 저렇게 그림자놀이에 심취하는 것일까.

아, 삶의 질서에 몸을 내맡기면 저렇게 삶의 질서에 중독될 수도 있구나 하는 생각. 그로 인해 삶의 질서로부터 가급

적 멀리 떨어져 살고자 노력을 했고, 거기에서 죽음의 매혹을 느끼기도 했다. 당시의 내 심경이라면, 어두운 밤 출렁이는 바다의 표면에 여러 불빛들이 어지럽게 번지듯이, 죽음을 향한 매혹 위에 중독된 삶의 깊이 없는 화려함이 어지럽게 번지는 양상이었다고나 할까. 인간의 삶을 생각할 때면 '저주받은 운명'이란 단어가 자연스럽게 떠오르곤 하던 때였다.

그렇게 몇 년을 허비하던 도중 발견한 구절이다. "날지 못하는 것은 운명이지만, 날아오르려 하지 않는 것은 타락이다." 만약 이 꽉 막힌 삶의 질서에도 헤쳐 나갈 하나의 탈출구가 존재한다면 '운명의 발견'과 '타락의 거부' 사이에 놓이는 것이 아닐까라는 섬광처럼 스치던 놀라움. 순간 삶에 내재하는 팽팽한 긴장을 사랑스럽게 깊숙이 끌어안을 수 있게 되었다.

우리가 살고 있는 사회는 불완전하다. 이제까지 쭉 그래 왔고, 앞으로도 여전히 그럴 것이다. 사회를 움직이는 우리 인간이란 존재가 애초부터 불완전하게 생겨 먹었기 때문이다. 그런 까닭에 대부분의 사람들은 불완전한 사회와 쉽게 타협해 버린다. 도대체 인간이 불완전한 존재인데 무엇을 어떻게 할 수 있다는 말인가. 그래, 날지 못하는 것은 운명이다! 이러한 태도를 일러 자신의 운명을 간파하고, 그 운명에 순응하는 태도라고 할 수 있겠다.

그렇지만, 예술은 그런 일반적인 길을 따라가서는 안 된다. 특히 문학은 이 사실을 명확히 전제해야만 한다. 운명에 기꺼이 순응하고 나서는 순간, 문학은 더 이상 문학으로 남아 있을 수 없기 때문이다. 문학의 본질은 꿈꾸기이다. 꿈꾸기로 하여 문학은 자신을 감싸는 사회와 불화할 수밖에 없다. 우리에게 주어진 삶의 조건은 항상 하나의 굴레로 우리를 묶어 두려고 하겠지만, 문학(인)은 굴레와 맞서면서 그 너머를 꿈꾸게 마련이다. 비록 그 꿈이 성취된 순간 치열하게 품어 왔던 꿈마저도 불완전하였다는 사실이 증명되겠지만, 우리 삶의 영역은 그만큼 넓어질 수 있으리라. 그리고 그 자리에서 다시 새로운 꿈꾸기는 시작된다. 그래서 말할 수 있다. 날아오르려 하지 않는 것은 타락이다.

운명의 표정을 읽지 못하는 문학은 교조적인 주제 의식으로 채워지기 십상이다. 스스로를 돌아보지 못하고 인간을 그저 사회 변혁의 도구 정도로 파악하게 될 위험이 다분하다는 말이다. 1980년대에 우리가 그러했다. 물론 부당한 억

압이 너무나 무겁게 작동했기 때문이겠지만, 이런 위험은 제대로 이해되지 못했다. 막강한 적 앞에서 우리는 조금쯤 들떠 있었으며, 그로 하여 우리는 쉽게 하나가 되어 앞으로, 앞으로 달려갔다. 운명의 표정을 흘낏 돌아본 순간 저마다 환멸(幻滅)을 뇌며 쉽사리 타락으로 빠져 든 것은 바로 그 때문이다.

나는 왜 문학을 하는가. 운명의 표정을 읽으면서 동시에 그러한 운명에 맞서기 위해서이다. '운명의 발견'과 '타락의 거부'라는 그 긴장을 끌어안으며, 그 긴장 위에서 나는 내가 인간으로서 존엄하게 살아 있다는 사실을 확인한다. 이게 내가 선택한 길이다.

✻ 홍기돈 | 〈작가세계〉 신인상을 수상하며 등단하였으며, 현재 〈비평과 전망〉 편집 위원으로 활동하고 있는 문학 평론가입니다. 〈교수신문〉 기자로 활동한 바 있으며, 지은 책으로 《페르세우스의 방패》가 있습니다.

천천히, 그러나 끊임없이

_마종기

의대를 졸업하고 군의관 생활을 끝내자마자 나는 의사 수련을 위해 고국을 떠났다. 5년간의 수련 과정을 무사히 끝내고 전문의 시험에 합격한 후 내가 존경하던 교수를 따라 작은 의과 대학의 조교수로 부임했던 나는, 그 2년째부터 의대생들의 인기 교수 명단에 오르기 시작했다. 월급은 그저 그랬지만 내 논문도 전공 학회에서 주목을 받기 시작하면서 나는 낮에는 의대 학생들과 환자들 사이에서 바빴고 밤에는 실험실의 개들과 흰 쥐들 사이에서 바빴다.

어떻게 세월이 지나가는지도 모르게 바쁜 생활을 하다가 미국에 온 지 꼭 10년이 되는 해에 나는 의대 졸업식장에서 졸업반 학생들이 뽑는 '이 해의 최고 교수'로 선정되어 '황금 사과'라고 이름 붙인 상을 받게 되었다. 지방의 일간 신문은 외국 의과대학 출신으로 아직 젊은 의사가 이런 권위 있는 상을 받았다고 호들갑스럽게 기사를 크게 실었다.

그때 흐뭇한 기분에 빠진 나는 캠퍼스를 떠나는 졸업생들과 때를 맞추어 나흘간의 짧은 휴가를 받아 혼자서 북부 미시간 주의 시골 숲 속으로 차를 몰았다.

첫날은 혼자 통나무집 모텔에서 잠만 실컷 잤고 둘째 날이 되어서야 아름드리 나무가 우거진 숲길을 종일 걸을 수 있었다. 그리고 갑자기 숲 속에서 불쑥 나타난 작은 호수와 그 호숫가에 오래 버려진 듯 잠자고 있던 나무 벤치를 발견했다. 나는 아주 편안한 기분이 되어 벤치에 앉았다. 거의 두세 시간 정도 주위의 많은 나무와 다람쥐와 호수를 둘러싸고 있는 싱싱한 풍경에 취해 있었다.

그러다가 끄적끄적 버릇처럼 몇 줄의 시를 오랜만에 써보았다. 아마도 1년쯤 만에 처음으로 쓰는 것이었을 것이다. 쓰고 지우고 하기를 두 시간여, 겨우 대여섯 줄을 쓰다가 펜을 집어던져 버렸다. 더 이상 써지지 않는다는 절망감과 주위의 풍경에 비해 너무 비루하고 작위적인 냄새를 역겹게 풍기는 시에 대한 부끄러움 때문에, 또 시가 생경하게 느껴지는 슬픔 때문에 나는 어느 틈에 혼자 흐느껴 울고 있었다.

아, 이제 정말 시 쓰기를 끝낼 시간이 온 것인가. 한국의 문학을 이야기할 사람이 주위에 하나도 없이 살아온 지난 10년, 시는커녕 한국말을 함께 나눌 사람도 자주 만날 수 없고 한국의 문학 책이나 최신 잡지도 구할 수 없었던 지난 10년. 그간 고국의 문단과 떨어지지 않도록 나를 위해 애써 주던 친구들도 고국의 현실 정치에 식상한 것인지 소식까지 뜸해졌다. 거기다가 계획했던 영구 귀국마저 여러 가지 사정으로 다시 연기될 수밖에 없었던 그 당시의 내 사정은 온통 너무나 어둡게 나를 옥죄어 오는 것 같았다.

그 어둑한 기운이 깊어지기 시작해서야 나는 자리를 털고 일어나 모텔로 돌아왔다. 다음 날도 나는 거의 같은 식으로 그 호숫가에서 하루를 보내며, 전날보다 더 명확하게 시를 포기해야겠다는 결심을 굳히게 되었다. 아무것도 할 수가 없었다. 그저 부끄럽고 허망하기만 했다. 두 마리 토끼를 잡으려던 우화의 바보가 바로 나 같다는 생각이 들었다.

그 사흘째 밤, 저녁을 먹고 모텔로 돌아온 나는 침대에 혼자 누워 들고 온 책 중의 하나를 생각 없이 펼쳐 들고 읽기 시작했다. 화가 반 고흐가 동생 테오 등에게 쓴 편지들을 모은 책이었다. 조그만 문고판의 제목은 '반 고흐의 편지'였던 것 같다.

엉뚱하게도 나는 반 고흐가 나만큼 불쌍하구나 하는 기분으로 책을 읽어 나가다가 갑자기 한 곳에서 읽기를 멈추었다. 멈춤과 동시에 누가 내 머리를 아프게 때리는 것 같았다. 나는 막 읽은 그 구절을 다시 읽어 보았다.

"천천히, 그러나 끊임없이."

천천히, 그러나 끊임없이라고? 그러면 혹 나도 이런 식으로 다시 시를 쓸 수 있을까? 포기하지 않아도 될까? 아직도 가능성이 있을까? 그리고 그날 밤 나는 갑자기 그 작은 모텔방에서 소리를 쳤다.

"그래 할 수 있어! 천천히 그리고 끊임없이라면 나도 할 수 있어. 다시 시작하자. 천천히, 조급해하지 말고!"

그날 이후 나는 30년을 더 미국에서 엉거주춤 왔다 갔다 하며 살고 있다. 그러나 그때 내 머리에 강하게 각인된 '천천히, 그러나 끊임없이'는 내 문학의 화두가 되었고, 비록 별 볼일 없는 시일망정 한 해도, 한 번도 쉬지 않고 매해 여덟 편 이상의 시를 고국의 문예지에 발표해 왔다. 그리고 늙어 백발이 성성해진 이 나이까지 나는 한국의 시인이라는 명패를 명예롭고 귀하게 머리에 새기고 하루하루 살아가고 있다. '천천히, 그러나 끊임없이'라는 말을 자주 중얼거리면서⋯⋯.

✱ 마종기 | 시인이자 의사입니다. 연세대 의과대학과 서울대 대학원을 졸업하고 1966년 미국으로 건너가 미국 오하이오 주 톨레도에서 방사선과 의사로 일하였습니다. 삶과 죽음을 다루는 의사가 겪는 격렬한 체험들을 아름답고 따뜻한 서정으로 시에 담아 왔습니다. 시집으로 《조용한 개선》, 《두 번째 겨울》, 《변경의 꽃》, 《안 보이는 사랑의 나라》, 《그 나라 하늘빛》, 《이슬의 눈》, 《새들의 꿈에서는 나무 냄새가 난다》 등의 시집과 산문집 《별, 아직 끝나지 않은 기쁨》을 발표했습니다.

크나큰 절망이 결의로 변해 간다

_ 김명곤

나는 가끔 배우 지망생들에게 연기를 한다는 것은 짙은 안개에 싸인 높은 산을 오르는 것만큼이나 힘들다는 얘기를 한다. 등산길이 처음에는 재미있고 가슴 설레게 하지만 점점 산 위로 올라가다 보면 길을 잃고 헤매기도 하고, 피로, 긴장과도 싸워야 하며, 호흡 곤란, 비바람, 절벽, 계곡, 급류, 독충, 무서운 산짐승들과도 맞닥뜨려야 한다. 그렇게 해서 산 정상에 올라간 다음에는 어려운 하산 길이 있고, 그 다음에는 더 높은 다른 봉우리에 도전해야 하는 과제가 기다리고 있다.

배우들의 연기만이 아니라 무릇 모든 예술 행위는 고산

등정과 같은 어려운 과제를 끊임없이 자신에게 부여하고, 과제 수행을 위한 중노동을 견디어 내고, 그 중노동을 통해 삶의 기쁨을 누리는 사람들에 의해 이루어진다. 이런 사람들은 일종의 '마귀 들린 사람들'이다. 좋게 얘기하면 예술의 '수호천사'에게 선택받은 사람들이라고 표현할 수도 있겠지만 창작 현장이라는 곳은 천사라는 단어가 주는 안락과 행복, 빛보다 마귀라는 단어가 제공하는 불안과 고통, 어둠이 더 어울리는 게 사실이다.

옛 시인들은 자신들을 괴롭히는 이러한 현상을 '시마(詩魔)'라고 했는데 참으로 적절한 표현이라 아니할 수 없다. 고려 때의 대문장가인 이규보는 〈구시마문(驅詩魔文, 시마를 몰아내는 글)〉에서 시마로 인한 폐혜를 다음과 같이 들고 있다.

"첫째, 세상과 사물을 현혹시켜 아름다움을 꾸미거나 평지풍파를 일으킨다. 둘째, 신비를 염탐하고 천기를 누설시킨다. 이처럼 사물의 이치를 밝혀 냄으로써 하늘의 미움을 받아 사람의 생활을 각박하게 한다. 셋째, 삼라만상을 보는 대로 형상화한다. 넷째, 누가 시키지도 않았는데 국가나 사회의 일에 간여하여 상벌을 마음대로 한다. 다섯째, 사람의 형용을 초췌하게 하고 정신을 소모시킨다."

이런 시마에게 시달리는 게 괴로우니 제발 자신에게서 떠나 달라고 요구했다가 오히려 설복당해서 시마를 받아들인다는 내용의 이 글은 예술가의 내면을 우화적으로 표현한 글이다. 이런 '저주받은 예술가들의 벗'인 마귀로 인한 시달림은 시를 쓰고, 그림을 그리고, 노래를 부르고, 춤을 추고, 연극을 하고, 영화를 만드는 모든 예술가들이 공통으로 겪는 현상이다. 스웨덴의 유명한 연출가이며 영화감독인 잉마르 베리만은 이미 세계적 명성을 얻은 뒤에도 불안과 고통 속에서 영화의 마귀에게 시달리는 자신의 내면을 일기에 기록했다.

크나큰 절망이 결의로 변해 간다. 중노동 같은 이 일의 종착 지점에 진짜 영화가 도사리고 있을 것 같은 느낌이 든다. 이 고통의 대가는 분명 있을 것이다. 어떤 커다란 외침이 목소리를 찾기 위해 애쓰고 있음에는 의심의 여지가 없다. 그렇다면 과연 내가 그 외침을 방출시키고 해방시킬 능력을 가지고 있는가이다.

– 〈창작 일기〉(1974년 10월 13일 일요일)

이 문장은 작품을 만들어 가는 동안 수없이 절망에 빠지고 고통스러워하면서도 그 어둠 속에서 빛을 찾기 위해 몸부림치는 예술가의 모습을 여실히 보여 준다. 끊임없는 좌절과 고통과의 싸움에서 승리하는 길은 확신을 가지고 목표를 향해 정진하여 마귀를 정복하는 것뿐이다. 이 단순한 진리를 몸소 실천하면서 살다 간 예술가의 숨결이 고스란히 느껴지는 글이다.

✻ 김명곤 │ 연극배우로 시작해 영화배우, 극작가, 연출가, 민족극 운동가 등으로 변신을 거듭해 온 그는 우리에게는 영화 〈서편제〉의 주인공으로 더 잘 알려진 인물입니다. 〈장사의 꿈〉, 〈난장이가 쏘아 올린 작은 공〉, 〈아리랑〉 등 수많은 연극 작품에도 출연해 왔습니다. 현재 국립극장 극장장으로 일하고 있습니다.

일하라고 가난한 겨

_ 김종광

원래 가난한 자는 많고 부자는 드물어서 그런지도 모르겠지만, 나의 인연들은 가난하다는 공통점을 지니고 있다.

나는 가난한 집에서 태어나 가난한 마을, 가난한 고을에서 성장했고, 가난한 도시에서 가난한 집 출신들만 우글거리는 대학을 다녔다. 또 가난한 군대에서 복무했고, 가난한 직장을 다녔었으며, 현재는 가장 가난한 사람들이 모인 것으로 정평이 나 있는 동네, 즉 '문단'에서 영위하고 있다. 온통 가난하기만 한 데에서만 살아왔으니, 만난 사람들도 순 가난뱅이들일 수밖에 없었던 것이다.

그런데 나의 가난뱅이 인연들은 몇몇을 제외하고는 모두

가 최선을 다해 아주 열심히 일하는 사람들이다. 그럼에도 불구하고 그들은 계속 가난하다. 물론 자신들이 스스로는 중산층이라고 착각할 만큼은 성공을 거둔 사람들도 많다. 하지만 그들의 성공 수준이란 고작 '먹고 자고 가르치는 문제를 해결할 수 있는 상태'에 불과한 것이었다. 부자들이 한 번 요란한 소리를 내면 바로 허물어질지도 모르는 아주 위태로운 평안이다.

'하면 된다', '꿈은 이뤄진다' 등등의 말에 필적할 만큼 커다란, 미래가 보장된 성공을 거둔 사람은, 가뭄에 콩 난 것만큼도 만나기가 어려웠다. 최선을 다하는 삶이란, 실상 가도 가도 제자리이기 십상이었던 것이다.

나는 정말 모르겠다. 왜 위대한 생활인들이 늘 가난한 것인지. 분하고 서럽다.

그날 술자리의 화제가 우연히 '가난한 사람들'에 닿았다. 나는 마치 나만의 화두라도 된다는 듯, 결국 아무런 대책이 없는, 그저 비관적인 사념에 불과한, 위의 생각들을 게거품에 말아서 토해 내고 있었다.

술자리에 대해서 아주 좋게 말한다면, 인생철학을 담은 경구가 속출하는 자리다. 술 깨고 나면 전혀 생각 안 나기가 십상이지만, 그 술자리에서만큼은 인생의 화두 하나를 깨우쳤구나, 하고 기뻐하게 만드는 말이 속출한다.

그래서 나는 술자리(특히 소설로 자기 인생을 쓰면 열 몇 권은 그냥 나올 거라고 자부하는 분들이 수없이 거쳐 간 그런 술집)를 아주 오래도록 주관해 온 분들이야말로 가장 내공 깊은 철학자가 아닐까 생각한 적이 많다.

칠순이 넘은, 인생 내공이 엄청나 보이는 주인 할머니가 주꾸미 안주를 내려놓으며 말했다. "일하라고 가난한 겨!"

순간 나는 그토록 오랫동안 품어 왔던 수수께끼가 풀리는 느낌을 받았다. 그래, 사람으로 태어났으니 태어난 이상 죽을 때까지 열심히 뭔가를(일을) 해야 하는 것이다. 그래야 살았다고 말할 수 있는 것이다! 뭐, 이런 생각들이 머릿속 이쪽저쪽에서 폭죽 터지듯 했다.

물론 술 깨서는, '역시 그거, 하나 마나 한 숙명론적 발상인데……' 하고 입맛을 다셨다.

하지만 그럼에도 불구하고 평생 노력했지만 평생 가난한 사람들에게 큰 위로가 되어 줄 말이 아닐까 싶었다. 어쨌든 평생 애면글면해도 평생 가난한 사람들이 있다. 아니, 더 많다. 거의 모든 사람이 최선을 다해 평생을 살지만, 그저 먹고 가르치는 수준에 도달할 뿐이다.

그리고 나 역시 어쨌든 열심히 일할 수밖에 없는 것이다. 열심히 일하지 않는다면 대체 무슨 재미로 산단 말인가. 그러나 아무리 열심히 일해도 제자리에서 맴맴 돌 게 거의 분명하다. 하지만 일하는 자체에 초점을 맞춘다면, 그래, 열심히 일한다는 자체가 의미 있는 거야. 가난과 성공은 열심히 일하고 난 뒤의 문제지.

이후로 그 주꾸미 집 할머니의 '일하라고 가난한 겨'라는 말만 떠올리면, 내가 성공과 가난을 따질 만한 나이가 되었을 때, '나는 평생 일하기 위해서 가난했던 거야'라고 회고해도 크게 억울하지는 않을 것 같은 기분이 들면서, 썩 유쾌해지는 거였다.

✱ 김종광 | 계간 〈문학동네〉 신인상으로 작품 활동을 시작한 소설가입니다. 2000년 중앙일보 신춘문예에 희곡 〈해로가〉가 당선되기도 했습니다. 작품으로는 소설집 《경찰서여, 안녕》, 《모내기 블루스》, 《짬뽕과 소주의 힘》, 장편 소설 《야살쟁이록》 등이 있습니다.

땅에 넘어진 자
그 땅을 짚고 일어나야 한다

_ 이문재

"땅에 넘어진 자, 그 땅을 짚고 일어서야 한다." 저 추상같은 문장은 고려 시대 불교를 다시 일으켜 세운 보조국사 지눌의 법어이다. 인지이도자, 인지이기(因地而倒者, 因地而起). 지눌의 말씀이 어떤 맥락에서 나온 것인지 나는 잘 알 수 없지만, 사태의 핵심을 단숨에 관통하는 저 메시지는 다면체이다. 인간과 세계의 거의 모든 국면에 적용할 수 있기 때문이다.

10여 년 전, 소설을 쓰는 선배를 따라 서울 시내 한복판에 자리 잡은 사찰에서 열린 한 강연회에 참석했다가, 저 한마디를 얻어들었다. 처음에는 대수롭지 않은 불가의 언어로 흘려버렸다. 절간에는 얼마나 많은 말들이 흘러넘치는가. 모든 종교가 그렇고, 철학과 사상이 그렇지만, 말이 모자라서 어떤 경지에 오르지 못하는 경우는 없다. 이치를 몰라서, 경전의 언어를 해독하지 못해서 성인(聖人)이 되지 못하는 수행자는 없다. 문제는 늘 실천이었다. 하느냐, 못하느냐의 차이였다.

땅은 생로병사의 숙명적 전제 조건이다. 땅을 떠나서는 단 한순간도 존재할 수 없다. 심해 어종조차 땅을 딛고 있다. 해저, 즉 땅이 없다면 바다는 있을 수가 없다. 새는 또 어떤가. 하늘에서 태어나는 새는 없다. 먹이를 하늘에서 구하는 새도 없다. 날짐승도 결국 땅에 얽매여 있다. '공중 부양' 할 수 없는 인간은 더 말할 나위가 없다. 두 발이 있는 한, 중력이 있는 한, 인간은 두 발을 땅에서 뗄 수 없다. 고층 빌딩은 물론이거니와 비행기와 배도 땅(길)의 연장이다. 모든 비행기나 배는 길(땅)을 싣고 다니는 것이다.

우리가 땅 위에서 살기 때문에 우리는 땅에 넘어진다. 실패하고 좌절하고 분노하고 절망하고 허망해하는 것이다. 우리는 그러므로 넘어진다는 사실 자체를 두려워하거나 피하려 해서는 안 된다. 땅에서 넘어지는 것은, 땅에서 일어서는 것처럼 너무나 당연하다. 땅에 넘어지지 않기 위해서 우리는 타인에게 기대고, 다른 지지물에 손을 짚는다. 평생 땅에 넘어지지 않는 사람은 두 종류이다. 하나는 아예 땅에서 일어서지 않은 사람이고, 다른 하나는 일어섰되, 걸어다니거나 뛰어다니되, 늘 남에게 의지하는 사람이다. 홀로 서 있는 사람이 땅에 넘어지고, 땅에 넘어지는 사람만이 또 홀로 설 수 있다.

문제는 또 있다. 땅 위에 서 있다는 사실은 인정하지만, 자신이 넘어졌다는 사실을 받아들이지 않으려는 사람이 있다. 나 역시 그랬다. 분명 나는 돌부리에 걸려 넘어졌는데도, 무르팍에 피가 철철 흐르는데도 넘어졌다는 사실을 인정하지 않으려 했다. 겨우 받아들였다 해도 내 잘못은 전혀 없고, 돌부리 탓으로 돌리기 일쑤였다.

나는 죄는 조금 짓고 많이 뉘우치며 살 줄 알았다. 하지만 나는 죄를 많이 짓고도 거의 뉘우치지 않고 살았다(이 같은 반성을 시로 옮긴 적이 있다). 죄를 짓는 것처럼 치명적으로 넘어질 때도 많지 않다. 하지만 대부분의 죄인은 그 죄의 원인을 밖으로 돌린다. 돌부리가 있었다는 것이다. 다시 말해 자기 잘못을 외면한다. 그런 죄인은 죄에 걸려 넘어지고서

도 그 죄를 온몸에 묻히려 하지 않는다. 그런 죄인에게 죄는
영원하다.

땅을 인정하고, 또 그 땅 위에서, 그 땅 때문에 넘어졌다
해도 문제는 또 남는다. 세 번째 문제는 그 땅을 짚어야 한
다는 것이다. 그 땅을 짚되 스스로, 제 몸으로 짚어야 한다.
옷이, 온몸이 흙투성이가 되지 않는 한 홀로 일어설 수 없
다. 지푸라기나 막대기라도 있다면 선뜻 움켜쥐겠지만, 지
눌은 그렇게 일어나라고 하지 않는다. 두 팔과 두 다리, 즉
기어이 온몸으로, 혼자 힘으로 다시 일어서라는 가르침이
다. 그래야만 다시 쓰러지지 않고, 또 쓰러진다 해도 다시
일어설 수 있는 에너지와 지혜가 생기기 때문이다.

우리가 태어나 살다가 죽는다는 것은 땅에서 태어나 땅을
딛고 일어나 땅 위를 걷다가 다시 땅에 눕는다는 것이다. 수
평에서 수직으로, 다시 수평으로 돌아가는 과정이다. 수직
은 땅과 가장 팽팽한 긴장을 유지한다.

중력을 최소화하고, 그림자를 가장 작게 한다. 수직이 삶
의 절정이다. 하지만 수직은 가장 위태로운 각도이다. 고통
이다. 지지대가 없으면, 건장한 뿌리가 없으면 지탱하기 어
렵다. 수직은 기울거나 넘어지게 되어 있다. 오래가지 못한

다. 수평이 훨씬 평안하고 오래간다. 그러나 수평은 죽음에 가깝다.

땅에서 태어나 땅으로 돌아가는 우리들이여, 땅에 넘어지지 않기를 함부로 바라지 말자. 다만 땅에 넘어졌으면서도 양탄자 위에 넘어졌다고 오해하지 않기를 바라자. 넘어진 탓을 외부로 돌리지 않기를 바라자. 넘어졌다면, 돌부리를 탓하지 말고, 전방을 주시하지 못한 자신의 두 눈을 자책하자. 그리하여 넘어진 바로 그 자리에서 진흙투성이, 만신창이가 되어 다시 일어서자. 그렇게 일어선 사람만이 자기 삶의 온전한 주인이 될 수 있다. 또 그런 사람만이 쓰러진 누군가를 도와 일으켜 세울 수 있다.

✽ 이문재 | 시인이자 〈시사저널〉 편집 위원입니다. 경희대 국문과를 졸업하고, 1982년 〈시운동〉 4집을 통해 작품 활동을 시작했습니다. 시집으로 《내 젖은 구두 벗어 해에게 보여줄 때》, 《산책시편》, 《마음의 오지》, 《제국 호텔》, 산문집 《내가 만난 시와 시인》이 있습니다. 김달진문학상, 소월시문학상 등을 수상하였으며, 현재 추계예대 문예창작과 겸임 교수로 학생들을 가르치고 있기도 합니다.

다들 제 몫을 견디며 사는 거야

"우리도 최소한 너만큼은 힘들어. 다들 제 몫을 견디며 사는 거야."
순간 머리를 한 대 얻어맞은 것처럼 정신이 멍해졌다. 나는 자신이 느끼는
고통의 질량으로 다른 사람들도 힘들다는 사실을 한 번도 고려해서 행동하지 못했다.
하지만 그때부터 인내하는 공동체의 질서를 가장 먼저 깨뜨리는 사람이 되지 않으려고
노력했다. 그러면서 나는 과거의 내가 얼마나 허약한 사람인지 알게 되었다.

위해 줄 거예요

_공선옥

나는 아무래도 순정파 쪽에 마음 끌리는 촌스러운 사람인가 보다. 바로 어제 일이다. 무심코 텔레비전을 보고 있는데 거기 나오는 한 남자가 나를 울렸다. 그는 경북 봉화 산골에 사는 당년 45세의 송이버섯 따는 남자다. 일단은 카메라가 움막 앞에 앉아 노래 부르는 그를 비춘다.

"보고 싶다아, 보고 싶다아, 당신이 보고 싶다아."

남자는 6개월 전 선을 보고 결혼식까지 올린 자신의 여자가 보고 싶어서 열에 들떠 있다. 그의 여자는 베트남 여자. 한국 남자와 베트남 여자를 연결해 주는 회사의 소개로 만나 베트남에서 결혼식까지 올렸건만 신부는 비자가 나오지 않아 아직도 베트남에 있다.

남자의 성은 송 씨. 송 씨 얼굴은 발그레하다. 왜냐, 사랑을 하기 때문에. 방송국 사람이 묻는다. 아내가 오면 어떻게 해줄 거예요? 남자 얼굴이 또 발그레해진다. 꿈꾸듯 그가 말한다.

"위해 줄 거예요. 아주 많이."

나는 저녁 여섯 시의 텔레비전 앞에서 그만 가슴에 두 손을 모으고 말았다. 내 입에서 연신 터져 나오는 행복한 감탄사. 나는 봉화 노총각 송 씨가 풍기는 사랑의 기운 앞에서 하염없이 행복해지고 감미로워지고 그리고 착해진다.

다음 일은 생각지 말자. 텔레비전에 비친 송 씨의 모습에 감동 먹은 내가 친구에게 송 씨 얘기를 했더니, 친구는 걱정한다.

"여자가 좋은 여자여야 할 텐데." "나중에 같이 살면서도 그 마음 변치 말아야 할 텐데."

그러나 나는 걱정하지 않는다. 아니, 걱정을 하고 싶지 않다. 우선은 저 사랑의 기운에 몸을 맡기자. 누구든 저 사랑에 빠진, 아니 사랑의 기운에 충만되어 있는 송 씨에게 나중에까지도 행복한가 봐라, 고춧가루 뿌릴 권리는 없다.

송 씨는 계속 나를 울린다. 내 영혼을 울린다.

"예전에는 내가 왜 사나 했지요. 지금은 안 그래요. 위해 줄 수 있는 사람이 생겼으니까요."

한 친구가 말했다. 외로움은 덜 외로운 사람보다 나보다 더 외로운 사람을 만남으로써 위로받을 수 있다고. 누군가를 돌본다는 것, 그것은 내 외로움을 위로하는 행위인지도 모른다. 내가 위로받고 싶어서 외로운 우리 인간들은 또 누군가 끊임없이 위해 줄 수 있는 대상이 필요한지도.

아, 나를 사랑해 주는 사람이 있는 것도 행복한 일이지마는 내게 사랑할 수 있는 사람이 있는 기쁨에만큼은 도달하지 못하리라. 혹여 우리 인생이 왠지 허전하고 삭막하게 느껴진다면 그것은 사랑을 주기보다는 받기를 더 원하기 때문인지도 모른다. 내가 아직 사랑할 대상을 찾지 못해서인지도 모른다.

외로운 사람들의 표정에는 말하지 않아도 얼굴에 이런 말이 쓰여 있다. 나는 사랑할 사람이 필요하답니다. 외롭지 않은 사람들, 아니 도대체 외로워할 줄을 모르거나, 외로움을 알려고 하지 않는 사람들의 얼굴에는 또 이렇게 쓰여 있다. 나를 사랑해 주세요.

작가 오에 겐자부로. 그에게는 뇌성마비 아들이 있다. 오에는 말했다. 나는 처음에 아들로 인해서 너무나 괴로워했다. 그러나 끊임없이 돌봐야 하는 아들이 없었으면 나는 결코 지금과 같은 작가가 되지 못했을지도 모른다.

내가 누군가를 위해 준다는 것은 결국 내 삶에 대한 긍정이다. 누군가를 돌본다는 행위는 결국 나를 돌보는 행위임을. 그것이 바로 사랑의 신묘한 힘이 아닐런가.

다시 경북 봉화의 송 씨. 그는 이제 여섯 달 후면 그의 품에 안기게 될 베트남에서 온 새색시를 맞기 위해 지금 한창 신혼집 꾸미는 재미에 빠져 있다. 그는 말한다.

"여기다 침대를 놓을 거예요. 그리고 여기다 화장대를 놓을 거고 그리고 여기다……."

사랑은 사랑에의 예감만으로도 능히 사람을 살리는 힘이 있다. 사랑하는 사람들은 그래서 정말 위대한 사람들이다. 그들은 진정으로 살아 있는 사람들이다.

사랑하지 않는 사람들은, 누군가를 위해 주는 삶을 살지 못하는 사람들은 그래서 어쩌면 살아 있어도 명실상부하게 살아 있는 삶이라고 결코 말할 수 없는 삶을 사는 것인지도 모른다.

아, 발그레한 사랑. 나는 어떤 사람인가. 사랑할 대상이
필요한 사람인가, 사랑받기를 원하는 사람인가.

✿ 공선옥 | 아픔과 고통을 겪고 있지만 꿋꿋하고 아름답게 살아가는 우리 주변의 소외
된 사람들을 따뜻한 눈길로 그려 낸 작품을 주로 쓰고 있는 소설가입니다. 작품으로는 소
설집 《유랑 가족》, 《피어라 수선화》, 《내 생의 알리바이》, 《멋진 한세상》, 장편 소설 《오지
리에 두고 온 서른 살》, 《시절들》, 《수수밭으로 오세요》가 있습니다. 그리고 산문집 《사는
게 거짓말 같을 때》, 《공선옥, 마흔에 길을 나서다》 등을 펴내기도 했습니다.

얼른 와, 기다리고 있을게

_곽재구

어릴 적 내게는 집이 참 많았다.

학교가 끝나고 아이들이 집으로 돌아갈 때 나는 늘 학교 뒷산을 오르곤 했다. 그곳에선 내가 사는 동네를 바라보고 있노라면 해가 지는 시간이 찾아오곤 했다. 몇몇 집들에서 저녁 짓는 연기가 솟아오르고 몇몇 집들의 창에 반짝 알전구 불빛이 들어왔다. 그즈음이면 내가 목소리를 기억하는 아낙들이 자신들의 아이 이름을 부르는 소리가 들려왔다. ○○야, 밥 먹어라. 그 소리는 고즈넉한 저녁 마을의 공기를 카랑하게 흔들었고 어린 내 눈가에는 몇 방울 이슬방울이 맺히기도 했다.

언덕 위에 서서 불 켜진 집들을 바라보며 나는 어둠 속에
반짝이는 집들이 모두 나의 집이라고 생각했다. 아무도 내
이름을 불러 주지 않는 집. 저녁을 먹으라는 어머니의 목소

리가 들려오지 않는 집. 학교가 끝나도 돌아갈 집이 내게 없다는 것에 대해 쓸쓸했지만 나는 그 사실을 애써 외면해야만 했다. 언제, 어디선가 나도 모르게 내가 살았던 집을 잃어버린 거라고……. 지금은 돌아갈 곳이 없지만 세상 어딘가에 내가 머물 아름다운 집을 꼭 지을 거라는 생각을 했다.

그 무렵 나는 떠돌이 생활을 했다. 먼 친척 집에서 몇 달씩 더부살이를 하기도 했고, 희망이라는 이름을 지녔으나 희망의 씨앗을 하나도 지니지 못한 아이들이 원장의 학대 속에 살아가는 집단 시설에서 얼마쯤 머물다가 빠져나오기도 했고 생면부지의 집에서 세 해쯤 꼴머슴을 살기도 했다.

절망 외에는 아무것도 보이지 않았던 그 무렵, 언덕 위에서 바라보던 불 켜진 집들처럼 내 마음 안에 따뜻한 열망의 시간 하나가 흘러들어 왔다. 그것은 내 삶이 경험한 최초의 기적에 관한 것이었다. 척박한 하루의 시간이 끝나고 지상의 어느 차가운 구들 위에 비럭잠을 잘 때 잠 속에서 나는 한 소녀를 만나곤 했다. 눈이 크고 맑은 그 소녀는 내게 이렇게 얘기했다.

얼른 와, 기다리고 있을게.

그 소리를 듣고 있을 적이면 마음 안이 박하 꽃밭처럼 환해졌다. 꿈에서 깨어나도 그 따뜻하고 촉촉했던 그 애의 목소리가 오래 남았다. 돌아갈 집이 없어 세상의 모든 집을 내 집이라 여기며 살았던 그 쓸쓸했던 어린 시절 그렇게 희망의 시간 하나가 나를 찾아왔다. 나는 언젠가 꼭 소녀가 사는 곳을 찾아갈 것이라 생각했고 그곳이 내 집이라는 생각을 했으며 내가 지닌 모든 지상의 시간 속에서 무슨 주문처럼 그 말을 외곤 했다.

얼른 와, 기다리고 있을게.

많이 쓸쓸하고 많이 우울하고 절망이 깊었던 사춘기 시절 그 애는 내 첫사랑이 되기도 했다. 나는 그 애에게 부치지 못한 무수한 편지를 썼고 그 애를 위한 시를 썼다. 꿈속에서 나는 그 애와 첫 키스를 했고 첫 몽정을 경험했다.

군대에 들어가고 제대하고 대학을 졸업하고 사회생활이 시작될 무렵까지 나는 그 꿈을 꾸었다. 꿈속에서 그 애는 늘 신비하게 웃으며 얘기했다.

얼른 와, 기다리고 있을게.

어린 시절 나는 불이 환히 켜진 창문을 지닌 집들을 바라보기 좋아했다. 창문 너머에서는 밥상머리에 둘러앉은 식구들의 도란거리는 이야기 소리가 들려왔고 어떤 집에서는 감자를 넣은 된장국 냄새가 스며 나오기도 했다. 낮은 추녀 아래 서서 누군가의 불 켜진 창문을 물끄러미 바라다보던 시절, 한 희망의 이미지가 나를 찾아왔다.

언제부턴가 나는 더 이상 그 애의 꿈을 꾸지 않게 되었다. 그 무렵부터 내 생의 사막 지대가 펼쳐지고 있었는지 모른다.

✽ 곽재구 | 시인입니다. 유명한 시 〈사평역에서〉가 그의 등단작이자 대표작이기도 합니다. 시집으로 《사평역에서》, 《전장포 아리랑》, 《서울 세노야》, 《참 맑은 물살》, 《꽃보다 먼저 마음을 주었네》 등과 기행 산문집 《곽재구의 포구 기행》, 《곽재구의 예술 기행》, 동화집 《아기 참새 찌꾸》, 《낙타풀의 사랑》이 있습니다. 몇 해 전부터 순천대 문예창작과에서 학생들을 가르치고 있습니다.

아파, 나도 아프다고

_김용석

비행기가 한 시간 연발한다는 안내 방송이 달가울 리 없다. 나는 이동의 자유를 제약당한 채 공항 대합실에 앉아 있었다. 대합실 횡렬로 된 의자에 포로처럼 늘어앉은 승객들의 무료한 표정만큼이나, 대형 텔레비전에서는 태풍 피해 소식을 '루틴'하게 반복하고 있었다. 눈은 화면을 향해 있었지만, 머릿속에서는 도착지에서 있을 약속 스케줄을 합리적으로 재조정하기 위해 뇌신경들이 심한 교통 체증을 앓고 있었다.

순간 "아파!" 하는 소리가 무료한 적막을 찢고 귀에 와 닿았다. 합리성을 완성하기 위해 열심히 작업하던 뇌 속 뉴런들이 소스라치게 달아나고, 이 작은 감성의 포효가 울림을 주는 쪽으로 시선은 방향을 틀었다.

진원지는 옆 자리 열 살 남짓한 소녀였다. "아파? 어디가 아프다는 거냐?" 무뚝뚝한 아빠의 되묻는 말은 진부한 삶의 무게에 처져 있었다. "저기 봐, 아빠, 나도 아프다고!" 소녀는 여린 손가락으로 텔레비전 화면을 가리켰다. 화면의 영상은 10초 전의 그것과 같았다. 하지만 순간 화면 속 수해 지역에서 고통에 신음하는 살덩어리들이 화끈 내게 덮쳐 왔다. 지금까지 대중의 뉴스였던 것이 나의 상처가 되는 순간이었다.

"슬픔보다 더 넓은 공간은 없고, 피 흘리는 슬픔에 견줄 우주는 없다"는 시인 네루다의 말에 감동했었다. "고통을 명백히 들추어내고자 하는 필요가 모든 진실의 조건"이라는 철학자 아도르노의 말을 가슴에 담고 살았다. 그러나 이제 내 영혼의 자리에는 어느 이름 모를 소녀의 창랑한 외침이 있다. "아파, 나도 아프다고."

온갖 어려움 속에서도 인류의 역사가 지속되는 것은 어쩌면 고통을 대하는 인간의 능력 때문일지 모른다. 플로베르는 하등 동물에서 고등 동물로 갈수록 '고통을 견디는 능력'이 커진다고 했다. 그것은 생각할 줄 아는 능력과 정비례한다고 했다. 그럴지도 모른다. 하지만 인간이 진정으로 고등 동물일 수 있는 것은 고통을 감내하고 극복하는 능력 때문만이 아니다. 인간은 '고통을 나눌 줄 아는 능력'으로 고등 동물일 수 있는 것이다.

고통에는 고독이 따른다. 아니, 고독하게 고통을 견뎌야 할 때가 많다. 온 나라의 매스컴이 고통의 현장에 초점을 맞추어 고통의 소식을 세상에 알려도, 그것을 대하는 시선은 무덤덤할 수 있고, 관심이 있다 해도 사건 소식에 대한 궁금증 때문일 수 있다. 그래서 텔레비전 화면에는 '절규 없는 고통'이 뉴스로 지나가 버린다. 고통의 현실은 특파원의 현지 보도와 뉴스 앵커의 긴박감 실린 언어로 '전달' 되고 있지만, 정작 고통을 견디고 있는 사람들의 아픈 절규는 소통되지 않는다.

타인의 고통 앞에서 어려운 사정을 공감할 수는 있어도, 고통의 의미를 말할 수는 있어도, 고통을 통해 세상의 지혜를 얻고 가르칠 수는 있어도, 다른 사람들의 고통을 방금 상처 입은 것처럼 함께 아파하는 일은 드물다. 그러나 소녀는 '그들 밖에서' 동정한 게 아니라, '그들 안에서' 아파했다. 진정 아파하는 소녀의 한마디에 나도 많이 아팠다. 그러고는 가슴속으로부터 소리 없는 절규가 튀어나왔다. "아파, 나도 아프다고."

✽ 김용석 | 철학자이자 문화 평론가입니다. 로마 그레고리안대학교에서 철학 박사 학위를 받고, 철학과 교수를 역임했습니다. 지은 책으로는 《문화적인 것과 인간적인 것》, 《미녀와 야수 그리고 인간》, 《깊이와 넓이 4막 16장》, 《일상의 발견》 등이 있습니다. 현재 영산대 학부대학 교수로 일하고 있습니다.

다들 제 몫을 견디며 사는 거야

_조은

가족 중에 존경할 만한 사람이 있다면, 당신은 운이 좋은 사람이다.

추상적이나 관념적으로 누군가를 존경하기란 쉽다. 그러나 날마다 부딪히며 살아가는 사람들 중에서 존경하는 사람을 갖기란 쉽지 않다. 그래서 우리는 "보면 볼수록……", "처음엔 안 그랬는데……", "글하고 사람이 영 딴판이다"라는 식의 실망한 마음이 담긴 표현을 자주 쓰게 되는 것 같다.

그런 점에서 본다면, 나는 복이 많은 사람이다. 내겐 가족 중에 존경하는 사람이 있다. 그 사람 앞에서 마음껏 고통을 표현하다가 같은 고통을 견디는 그를 보면 자신이 얼마나 초라한 사람인지 깨닫지 않을 수 없다. 돌이켜 보면 나는 예민한 체질이 무슨 벼슬이나 되는 것처럼 가장 먼저 충격받고, 가장 먼저 앓아눕고, 가장 먼저 망가지는 문제가 많은 청소년 시절을 보냈다. 마치 고통에 선점하는 자의 권리라도 있는 듯이. 가족들은 무슨 일에든 과민하고, 충격파 또한 큰 나의 눈치를 살필 수밖에 없었다. 그들에게는 이중 삼중의 고통이 부여된 것이었다.

어느 날, 세상이 끝난 것처럼 낙담하여 방 안에 틀어박혀 허공을 쏘아보고 있는 나에게 앞에서 말한 나의 가족이 이야기를 좀 하자고 했다. 나는 누군가와 소통하는 것이 내 고통의 순결함을 잃는 행위라도 되는 양 입을 굳게 다물고 꼼짝 않고 있었다. 그러자 그는 아직은 때가 아니라고 생각했던지 밖으로 나갔다가 곧 다시 돌아와 내 옆에 묵묵히 앉아있었다. 그렇게 한동안 조용히 있던 그가 얼음도 얼릴 만큼 차가운 목소리로 말했다.

"우리도 최소한 너만큼은 힘들어. 다들 제 몫을 견디며 사는 거야."

순간 머리를 한 대 얻어맞은 것처럼 정신이 멍해졌다. 나는 자신이 느끼는 고통의 질량으로 다른 사람들도 힘들다는 사실을 한 번도 고려해서 행동하지 못했다. 하지만 그때부터 인내하는 공동체의 질서를 가장 먼저 깨뜨리는 사람이 되지 않으려고 노력했다. 그러면서 나는 과거의 내가 얼마나 허약한 사람인지 알게 되었고, 가족들이 왜 내게 그토록 너그러웠는지도 알았다. 그야말로 나는 예방 주사를 맞지 않으려고 발버둥치는 어린아이 같은 유형의 인간이었던 것이다.

사람들에겐 저마다 노력해도 고쳐지지 않는 점도 있다. 나는 약속을 지키지 않는 사람에 대한 실망의 강도가 다른 사람에 비해 강한 편이다. 또한 약속 시간을 잘 지키지 않는 사람들에 대한 이해심도 부족하다. 대신 나는 약속을 철저히 지키려고 노력한다. 어쩌다 약속 시간에 늦으면 나는 육상 선수처럼 땀을 흘리며 뛰어간다. 나는 언젠가 어떤 사람을 그만 봐야겠다고 결심했는데, 돌이켜 보면 그 일의 시작은 만날 사람의 세속적 가치를 따진 후 약속 장소로 늦게 가는 그의 불순한 모습을 여러 번 봤던 데 있었다. 자신의 계산법에 따라 언제나 늦게 약속 장소로 가던 그는 늘 천천히 걸었으며, 늦은 데 대한 사과의 말도 한마디 하지 않았다. 그 때문인지 그와 만나면 늘 기분이 개운하지 않았고, 어느 때는 불쾌감이 오랫동안 머릿속에 남아 있기도 했다.

지금 우리 골목에서는 한 가족이 싸우는 소리가 들린다. 저 가족 중에도 늘 가장 먼저 인내심을 잃는 사람이 있다. 오늘도 역시 그가 먼저 괴성을 지르면서 싸움이 시작되었다. 나는 그 옛날 나의 가족 중 하나가 얼음처럼 차갑게 아둔한 나를 깨워 줬던 것처럼 싸움 소리가 들리는 곳을 바라보며 되뇌어 본다.

"다들 제 몫을 견디며 사는 거야."

✻ 조은 | 서울 종로의 소담한 한옥집에 살며 글을 쓰는 시인입니다. 곤궁한 삶이 거느리는 아스라한 풍경들을 투명하면서도 예리한 시선으로 헤아리고 있는 시인은 그동안 《사람의 위력으로》, 《무덤을 맴도는 이유》, 《따뜻한 흙》 등의 시집을 펴냈습니다. 이 밖에도 장편 동화 《햇볕 따뜻한 집》과 산문집 《벼랑에 살다》를 출간했습니다.

잘되어 주어서 고맙다

_이권우

아니라고 극구 부인했다. 그런 표현에 어울릴 만한 일을 한 것이 아니라, 남들이 안 하는 일을 고집스럽게 하고 있어, 기회가 왔을 뿐이라고 대꾸했다. 휘어진 나무가 선산을 지키는 법이지 않던가. 전화를 한 이는 초등학교 동창이었다. 책을 소개하는 텔레비전 프로그램에 정기적으로 나간 적이 있는데, 그게 계기가 되어 연락이 닿았다.

화면에 나오는 얼굴이 낯익어 이름을 유심히 들어 보았더니, 코흘리개 시절에 함께 학교를 다녔던 친구가 맞더란다. 얼마나 반갑던지 자막으로 흐르는 약력에 나온 책 제목을 얼른 메모지에 적어 놓고선, 같이 텔레비전을 보던 남편에

88

게 마구 자랑했더란다. 저이가 바로 자기 동창이라고. 본디 책을 좋아하고 수필을 즐겨 쓰던 남편은 아내의 호들갑을 넉넉하게 받아들여 주었고, 다음 날 서점에 가 책을 살 때도 옆에 있었다고 한다. 아흐, 녀석은 결혼도 잘했던 것이니, 이토록 큰 가슴을 지닌 사내가 어디 많기나 하던가 말이다. 내용을 읽을 새도 없이 출판사에 연락처를 알아보고는 뜸을 들이다 마침내 전화했다는 것이다. 그러곤 내가 텔레비전에 나올 만큼 성공해 기쁘다고 했다.

전화받는 내내 곤혹스러웠다. 동창의 얼굴이 떠오르지 않아서였다. 모든 정황상 동창임이 분명하건만, 급하게 낚싯줄을 던져 넣은 기억의 저수지에서는 그 무엇도 입질을 하지 않았다. 도통 이해되지 않았던 것은, 전화를 건 동창이 문방구 집 딸이었다는데도 기억나는 게 없었다는 점이다.

우리 어릴 적 문방구집 딸이면 재벌급이지 않던가. 공책 한 권, 연필 한 자루, 지우개 한 개가 아쉽던 시절이었다. 연필로 쓰고 거기에다 볼펜으로 덧썼고, 몽당연필은 볼펜에 끼워 쓰던 때, 그 친구는 그런 것들이 넘쳐 나는 데다 눈깔사탕과 과자마저 수두룩한 보물 창고에서 살았을 터이니, 분명 내 가슴에 동경의 불을 질렀을 것이건만, 어찌 이리 생각이 나지 않는 것일까.

그래, 그때를 잊고 싶었던 것이리라. 루핑 자락 날리는 소리에 밤잠 설치던 때, 밀가루 타러 동사무소에 가야 하던 때, 살림이 궁해 수학여행도 못 가던 때를 뇌리에서 지워 버렸던 것이다. 어머니가 궁핍한 살림을 펴기 위해 세칭 365 계단이라 부르던 곳을, 큰 광주리에 찐 옥수수를 가득 이고 뒤뚱뒤뚱 위험하게 내려가야만 하던 때, 살 만한 곳을 찾아 이곳저곳을 '유목' 하던 바로 그때를 내 삶에서 공백으로 만들고 싶었던 것이다.

두 번째 통화에서 친구가 뜬금없이 "잘되어 주어서 고맙다"고 했다. 그 말을 바로잡느라 진땀을 흘렸지만, 아! 친구야 나는 안다, 왜 그런 말을 했는지를. 어찌 그게 내가 '출세' 한 양 보여 한 말이겠는가. 모진 가난의 풍파를 견뎌 내고, 세상에 이름 석 자 내놓을 만큼 성장한 것을 기특하고 아름답게 여겨 한 말이었으리라. 그러나 나는 안다. 가난하고 힘들었던 시절을 지워 버리고 산 사람보다, 그 시절을 소중하게 여기며 친구 이름을 잊지 않고 지낸 이들이야말로 성공한 사람이라는 것을.

편안한 자리에서 이 일화를 전하다 나는 그만 엉, 엉 울었다. 이제는 다들 자리 잡은 중년의 나이를 살고 있지만, 동창들이 겪었을 지난날의 지독한 고통과 무서운 고독이 짐작되어서였다. 나야 한낱 책벌레일 뿐, 생채기투성이인 지난날과 화해하고 사는 너희들이야말로 정말 '잘된' 사람이다. 그래서 고맙다, 친구들아!

✽ 이권우 | 소문난 책벌레로 책만 읽으면서 살아 보려 '도서 평론가'라는 직업을 만들고 각종 지면과 방송을 통해 좋은 책을 소개하는 것을 업으로 삼아 즐겁게 지내고 있습니다. 대학 시절 교지 편집장을 한 이래 죽 책을 만들거나 책과 관련한 잡지의 기자로 일했고 《출판저널》의 편집장을 지내기도 했습니다. 지은 책으로는 《어느 게으름뱅이의 책읽기》, 《각주와 이크의 책읽기》, 《책과 더불어 배우며 살아가다》 등이 있습니다.

운명은 인간의 것이지만,
생명은 신의 것이다

_권지예

사랑하는 누군가를 잃어 본 사람은 그 아픔을 마취시킬 무언가가 한동안 필요하게 된다. 그것이 한순간의 고통을 잊게 하는 마취든, 살아남은 자의 슬픔을 진정시켜 주는 위안이든. 삶을 견디는 진통제가 필요하다.

20년도 전에, 사춘기를 벗어나 갓 성년의 문턱에서 나는 내 생애에서 처음으로 사랑하는 가까운 사람의 죽음과 맞닥뜨리게 되었다. 병으로 앓던 여동생의 죽음이 그것이다. '첫 죽음'(써놓고 나니 말이 안 된다. 처음으로 목도한 죽음이라고 표현해야 할까), 그것은 그 이후의 삶과 죽음에 많은 영향을 끼친다. 그 이후, 내 나이 불혹을 넘긴 지금에야 여러 죽음을 목도했지만, 그때만큼 그렇게 후유증이 심하진 않다.

하지만 당시엔, 그렇게 짧게 살다 간 무구한 한 소녀의 삶의 의미와, 죽음이라는 너무도 갑작스러운 존재의 무화(無化)를 납득할 수가 없어 내 삶의 의미조차 서서히 잃어 가고 있었다. 왜 우리는 우리 의지와 상관없이 태어나서는, 살아 있는 동안 삶의 본능으로 애를 쓰며 살고 때로는 고통 속에서 허우적대는가. 누구나 자신의 생이 절대적이라 믿고 최선을 다하며 살고 있지만 어느 순간 예고도 없이 죽음에 덜미를 잡히는가. 이런 불안정한 생의 한가운데서 몸부림친 한 인간의 희망과 용기는 어떻게 되는가. 그런 인간의 삶의 흔적은 도대체 무엇이며 무슨 가치가 있는 것인가. 나는 점점 더 생에 대해 페시미스트가 되어 갔으며 생의 의욕을 잃고 자포자기했다. 잠들기 전에는 이 잠이 죽음으로 빠지는 마지막 잠이 되어 더 이상 아침에 눈을 뜨지 않게 되었으면 싶었다.

그러나 그 무렵, 누군가 내게 이 말을 들려주었을 때, 나는 갑자기 내 영혼이 구원받는 느낌이 들었다. 그 말은 산 자에게나 죽은 자에게나 더할 수 없이 아름다운 위안이 되는 말이었기 때문이다. 나는 원래 신을 믿지 않는 사람이었다. 그때까지 살아온 내 인생에서는 내 의지와 노력으로 못 이룰 일이 없다고 생각할 만큼 오만했다. 생애 처음으로 맞부딪친 가까운 이의 죽음 앞에서 오히려 부당하고 정의롭지 못한 신의 존재에 회의를 품고 도리질을 했었다.

그러나 어느 순간 나는 깨달았다. 삶이, 사람은 완전하지 못하다는 것. 그래서 사람이라는 것. 어쩌면 그 불완전한 삶을 살아 내야 하기 때문에 '사람'이 아닐까. 그렇게 혼자서 내 식대로 어원을 나름대로 따져 보기도 했다.

지금 생각하면 그 무렵, 더 이상 고통을 감당할 길이 없었기 때문에 나는 한없이 겸손해지고 싶었던 것인지도 모른다. 그 말을 들으니 갑자기 분노가 사그라지고 내 마음은 한없이 부드럽고 평안해져 버렸다. 누구의 잘못도 아니다. 그건 인간의 잘못이 아니다. 살고 죽는 게 인간의 몫이 아니라는 그 진리가 그때서야 체감되었다. 나는 서서히 동생의 죽음의 애통함에서 빠져나올 수 있었으며 그 애가 살아 있는 동안에 보여 주었던 삶에 대한 용기와 좌절, 고통 그리고 희망이 사랑스러워졌다. 그러고 보니 짧지만 깨끗하고 예쁜 생이었다.

그때부터였을까. 나는 살아 있는 사람의 삶. 그것도 운명에 맞서 애를 쓰며 살아가는 사람의 삶이 더욱 애틋해졌다. 내가 인간의 삶을 그려 내는 소설을 쓰고 싶었던 것은 아마도 그래서였을 것이다.

이제는 가까운 사람들의 죽음 앞에서 이 말로 마음속 헌사를 바치게 된다. 그리고 살아 있는 사람들은 더 열심히 살아야 한다고 다짐해 보게 된다. 어쩌면 이 말은 애써 한생을 살았으나 세상을 떠난 사람들뿐 아니라, 결국 신이 부를 때까지 생의 의지를 불태우며 살 수밖에 없는 우리들, 산 자들을 위한 헌사인지도 모른다.

✽ 권지예 | 소설집 《꽃게 무덤》으로 2005년 동인문학상, 단편 〈뱀장어 스튜〉로 2002년 이상문학상을 수상한 소설가입니다. 이화여대 영문과를 졸업하고 프랑스 국립 파리7대학에서 문학 박사 학위를 받았습니다. 1997년 〈꿈꾸는 마리오네뜨〉으로 등단한 후, 장편 소설 《아름다운 지옥》, 《사랑하거나 미치거나》, 소설집 《꿈꾸는 마리오네뜨》, 《폭소》 등의 작품을 출간하였습니다.

왜 그냐면 그냥 좋다

_이주연

몇 해 전 나는, 태어나 지금껏 고향 두메산골에서 살며 어린 아이들을 가르쳐 오고 계신 은사를 주인공으로 다룬 한 방송 프로그램에 초등학교 동창들과 함께 출연해 선생님을 만난 적이 있었다. 그 방송은 우리 동기들이 선생님 몰래 학교로 찾아가 선생님이 지은 시에 곡을 붙인 노래를 불러 드리는 깜짝 이벤트를 펼치는 과정을 정겹게 그린 프로였던 걸로 기억한다. 그 일을 계기로 그동안 선생님과 끊겼던 대화가 이어지고 한참 동안 왕래가 없던 동기들끼리도 정기적으로 만날 수 있게 되었다.

나는 30년을 넘긴 초등학교 시절의 추억을 더듬어 '우리

때'로 돌아가는 시간 여행을 즐기며 선생님과 대화를 나누던 당시의 '사건'을 생각하면 아직도 찌릿한 전율을 느끼곤 한다. 오랜만에 만나 '우리 때'를 얘기하시던 선생님은 '요즘 아이'가 쓴 동시라며 원고지 한 장을 보여 주셨다. 내 몸에 전율이 인 것은 바로 그때였다. '사랑'이란 제목의 한 줄 길이의 동시. 이 짧은 동시의 전문은 이렇다.

나는 어머니가 좋다. 왜 그냐면 그냥 좋다.

처음에는 재밌기도 하고 어이없기도 하여 그냥 웃다가, 나중엔 벅차고 진한 여운을 주는 감동이 일어 눈시울을 자극하기까지 했다. 이 아이의 군더더기 없는 원초적 본능과 같은 어머니에 대한 절대적인 신뢰와 사랑의 마음은 화려한 미사여구나 고매한 철학도 무색케 하는 마력으로 내 마음을 압도하기에 충분했다.

첨단 과학의 혜택으로 물리적인 거리의 간극마저 느끼지 못할 정도로 초고속 정보 소통의 시대를 사는 요즘이다. 하지만 여전히 시간과 공간의 밀도가 느슨한 느림의 매력이 살아 있는 두메산골의 아이에게 비친 세상은 그 눈높이에서, 그 의식 안에서 느껴지고 보이는 그대로가 전부였던 셈이다. 그러니 아이의 마음에 담기고 새겨진 가족의 일상이며, 눈에 비친 마을의 들판이며 산이며 나무와 물들이 모두 그냥 좋을 수밖에 없지 않겠는가. 그러니 그런 아이들에겐 "왜 그냐면"이라고 단서를 달아 굳이 어머니를 사랑하는 이유를 설명하려고 해도 별다른 이유가 따로 필요치 않고 "그냥" 좋을 수밖에 없다. 그런 마당에 이처럼 꼼짝없이 완벽한 논리를 굳이 두메산골이니까 그럴 수 있는 것이지, 도회지는 그럴 수 없다고 감히 따질 수가 있겠는가.

요즘 우리네 세상에서 풍미하는 일상 문화의 흐름이 공동체 사회 안에서 공유될 수 있는 포용의 미덕을 갖고 있기보다 더욱 개인화로 치닫고 양극화도 점점 심해지고 있다고 한다. 이런 사회 환경에서 살아가며 일을 도모하려면 "왜 그냐면……"이라고 이런저런 이유를 댈 일이 많아진다. 그런데 바른 이유를 대지 못할 때는 으레 그 바르지 못함을 합리화하고 면피하려는 언행이 이어지게 되고, 이는 또 다른 이유를 만들어 내는 악순환의 반복을 불러올 수밖에 없다. 그 틈에서 부정과 비리와 부조화가 자라게 되고 핑계 있는 무덤이 자꾸 생겨나, 두메산골 어린아이의 절대적 신뢰가 살아 있는 맑은 사회 만들기를 더욱 어렵게 한다.

이유 없이 '그냥 좋은' 세상은 매사에 나를 중심에 놓고 주판알을 두드리며 계산을 앞세울 필요가 없는 맑고 밝은 세상이다. '그냥 좋은' 사회에서는 복잡하게 얽힌 관계들도 막혀 있기보다 서로 편안한 소통으로 하나의 공동체를 이루어 내는 삶을 살아갈 수 있다.

두메산골 요즘 아이의 짧은 시구에서 발산하는 엄청나게 진한 믿음과 사랑의 참맛을 맑은 마음으로 느끼는 것, 이것이 바로 우리가 살아가며 주목해야 할 '더불어 함께하는 삶'을 위한 서로 간의 관계 맺음의 지혜는 아닐는지.

나는 '더불어 함께'가 좋다. "왜 그냐면" 이 말은 공동체성이 듬뿍 담긴 맑고 밝은 사회를 함께 만들어 가기 위해 우리들이 실천적 삶을 살아가며 갖추어야 할 덕목임을 서로 공유하고 거듭 강조해도 지나치지 않을 말마디가 되고 있어 "그냥 좋다".

✽ 이주연 | 서울시립대 대학원에서 건축학을 전공한 그는 건축이 공학이나 기술만이 아니라 반드시 인문학, 사회학의 범주로도 함께 이해되어야 한다고 생각하는 건축 평론가입니다. 건축 설계와 문화 미디어 전문 회사인 공간 그룹의 이사이며, 북촌문화포럼 사무국장, 한국근대건축보존회 이사로 활동하며 건축과 문화 환경 등 전문가 단체의 시민운동에도 적극적으로 참여하고 있습니다.

사랑하라, 희망 없이

_이명원

내게 희망이란 단어는 탄성 좋은 스프링을 연상시킨다. 그 날렵한 도약과 유쾌한 전진의 이미지는 자가발전하는 전기 뱀장어의 힘찬 유영을 상기시킨다. 그렇게 희망은 어떤 활력과 전진, 부챗살처럼 퍼져 나가는 원심 운동의 다채로운 이미지들을 거느리고 있다.

　사랑이라는 마술적인 단어가 있다. 그것은 자석처럼 낯선 것들을 끌어당기고, 기묘하게 뒤섞고, 당연한 결과이지만 하나가 되게 한다. 뒤섞이는 모든 것들은 두 팔이 아닌 네 팔을 가지고 있다. 놀랍게도 네 팔로 껴안는 것은 서로의 어둠이고, 그 안으로 향한 운동은 은밀한 골방의 이미지를 연

상시킨다.

희망 없이 사랑한다는 것은 역설에 가깝다. 모든 사랑은 희망이라는 단어를 마치 찬란한 폭죽처럼 만든다. 희망은 장전되는 순간 벌써 다가올 미래의 폭발을 준비하고 있다. 그렇게 희망은 언제나 이곳이 아닌 저곳을 향해 달려간다. 힘센 희망 앞에서 모든 사랑은 완성을 기다린다. 완성을 기다리므로, 지금 지속되고 있는 사랑은 많은 경우 어떤 결여의 양태 속에 빠져 들곤 한다.

"사랑하라, 희망 없이." 이 말은 소설가 윤영수 씨의 창작집 제목에서 온 것이다. 내게 이 말은 사랑을 둘러싼 현재의 남루와 통증들을, 지금 이 순간 즐겁게 긍정하고 지극하게 껴안으라는 말로 들린다.

그러나 아주 오랜 시간 동안 나는 이 말을 긍정하기 어려웠다. 사랑은 학습될 수 있는가. 낮은 단계에서 그것은 가능할지도 모른다. 그러나 높은 단계에서 그것은 마술적인 화학 작용을 요구한다. 사랑은 범람하는 것이다. 그 범람은 기대의 지평을 불가피하게, 아니 당연하게 뛰어넘는 것이어서, 경이롭다.

희망 없이 사랑하는 것은 모순에 가깝다. 모든 사랑은 희망을 뼁튀기하고 욕망을 겉절이한다. 다변의 거짓말쟁이인 사랑은 희망조차 뼁튀기하는데, 뼁튀기된 희망은 자주 사랑을 배신한다. 사랑 안에서 우리는 흔히 고통스럽다. 희망은 고래 심줄처럼 질긴 것이지만, 일단 끊어지면 돌아갈 고향 없는 탕아처럼 유랑을 거듭한다. 유랑하는 사랑은 난파선의 처지와 유사한 것이어서, 고통 속에서 요동치고, 뒤집어지고, 다시 떠올랐다가, 다시 요동친다. 고통인 것이다.

희망 없이 사랑하는 것은 모순에 가깝다. 그것이 모순인 것은 희망 없이 사랑하겠다는 말조차도, 사실은 끈질긴 희망이기 때문이다. 차라리 사랑은 희망의 이곳과 저곳의 경계를 뛰어넘어, 뱀장어처럼 유영한다. 희망 없이 사랑하겠다는 것은 그 사랑이 가혹한 고통을 수반하는 희망의 질병조차도, 차라리 절망적으로 긍정하겠다는 것을 의미한다.

　희망 없이 사랑함으로써, 나는 찬연한 낙원이나 유토피아를 꿈꾸지는 않을 것이다. 희망 없이 사랑함으로써 나는 모순으로 가득찬 이 땅의 '최저 낙원'을 긍정할 것이다. 희망 없이 사랑함으로써, 나는 뱀장어처럼 이곳과 저곳의 경계를 뛰어넘어 활달하게 유영하는 자유로움을 긍정할 것이다. 희망 없이 사랑함으로써 나는 고통에 더욱 겸손해질 수 있을 것이다.

　"사랑하라, 희망 없이!"

✱ 이명원 | 문학 평론가이며, 〈비평과 전망〉 편집 주간, 서울디지털대 문예창작학부 교수로 활동하고 있습니다. 《타는 혀》, 《해독》, 《파문》, 《마음이 소금밭인데 오랜만에 도서관에 갔다》, 《연옥에서, 고고학자처럼》 등의 책을 썼으며, 2004년에는 '한국의 미래 열어갈 100인' (한겨레)에 선정되기도 했습니다.

한 말씀만 하소서,
내 영혼이 곧 나으리이다

_노혜경

젊어서 나는 비범한 말들에 마음이 흔들렸다. 예컨대 회심
자들이란 말. 회심자라니, 도대체 마음을 어떻게 돌이킨다
는 것일까. 회심이란 말 속에 들어 있는 그 과거를 생각해
본다. 갖은 방탕과 혼란과 분열의 다디단 뒷맛이 못내 아쉬
워, 어떻게 이별하고 돌아선단 말인가? 골똘히 그 단어 앞에
서 상념에 잠겨야 젊디젊은 영혼이려니.

대(大)데레사(가톨릭교회의 성인 중 한 사람) 전기의 '천주
자비의 글'이라는 제목을 보았을 때의 떨림은 또 어떻고. 그
제목만으로도 책을 단 한 쪽도 읽기 전에 대데레사를 내 사
표(師表)로 삼으리라 결심하기도 했었다. 따지고 보면 번역

자의 언어이지만, 그 순간 천주와 자비와 글을 한자리에 두는 늙은 수녀의 숨결만큼 나를 울린 것은 없었다. 이렇게 나는 강렬한 말에 웃고 울고 떨었다. 말들은 내 뭉글뭉글한 비정형의 영혼을 헤집고 다니며 나를 설레게 하고 일하게 하고 고민하게 했다.

그러다가 세상 안으로 조금씩 들어오면서 세상의 일들이 나를 사로잡고 아프게 하기 시작했을 때, 내가 맨 처음 깨달은 것은 말의 힘이란 보잘것없다는 것이었다. 예컨대 저 광주의 비극 앞에서 '역사의 냉엄한 질서는 어쨌든 올바른 방향으로 흐른다'는 식의 관조적 언어가 당신에게 위안이 되던가? 정의 구현이니 민족 정기 확립이니 민중의 지팡이니 하는 말들이 당신의 뒤통수를 세게 때리던 그 배신의 역사는 또 어떤가. 폭도들, 난동, 빨갱이, 이런 말은 또?

사람들이 말의 직설적 지시 능력을 믿지 못하고 행간을 찾아 헤매는 시대는 괴롭다. 말의 힘을 내가 언제 다시 믿게 될까? 그 시절은 돌아오지 않을 것만 같았다. 그러니까 저 1980년대의 이야기다. 모든 이의 영혼이 상한 갈대처럼 바삭거리던 그 시절. 1980년대를 통과한 우리 세대가 어쩔 수 없이 가지는 광주에 대한 고통과 부채감으로 잠 못 이루고

뒤척이던 그 시절. 가해자가 아니면서 저절로 가해자가 되는 지역주의 메커니즘 앞에서 내가 저지르지 않은 죄로 인해 초주검이 되던 시절.

나는 진정 지극한 위안을 주는 말을 얻었다. 어느 날 미사에서, 늘 듣던 말이 갑자기 내게 다가와 크나큰 위안으로 나를 사로잡은 것이다. "한 말씀만 하소서, 내 영혼이 곧 나으리이다." 내 영혼이 낫는다―그렇다, 영혼이 병들 수밖에 없는 시대에는 어떤 말인들 상하지 않을소냐. 두 주먹 불끈 쥐고 싸우고 또 싸우자. 그렇게 젊음은 갔다.

그리고 이제 나는 전혀 다른 차원에서 '한 말씀'을 듣는다.

"사랑해"라는 한마디가 내 마음을 울린다. 엄마, 사랑해, 여보, 사랑해, 혜경아, 사랑해!

"믿는다"라는 한마디가 나를 안심시킨다. 너를 믿어, 당신을 믿어, 엄마를 믿어!

'용서'라는 한마디가 나를 들어 올린다. 그 말은 이렇게 발설되어야 한다. "나를 용서하소서"라고.

우리가 수시로 말하고 더럽히고 휴지통에 버리는 이 말들이 알고 보면 지극한 영혼의 에너지로 뭉쳐진 말임을 깨달을 때 비로소 나는 늙었다. 생의 비의를 알아 버린 늙음. 욕망도 집착도 증오도 조금씩 탈색한 어떤 오후의 햇살 아래, 이미 오래 살았으므로 더 살아갈 모든 시간이 은총이고 축복인 양 느껴지는 그런 늙음. 육체의 나이와 무관하게, 이 말들의 기쁨이 늙음을 선사한다는 것을 깨달았을 때 내 영혼이 후두둑 떨렸다.

이 글을 읽으실 모든 분들께 조용하고 낮은 소리로 속삭이고 싶다. '당신을 사랑해, 당신을 믿어, 당신에게 생애가 저지른 모든 잘못을 또는 당신이 사느라고 저지른 모든 잘못을, 당신이 모르는 모든 죄를 용서하세요'라고. 그러면 당신의 영혼이 곧 나을 것이다.

✷ 노혜경 | 시인입니다. 1991년 〈현대시사상〉을 통해 등단하여, 《새였던 것을 기억하는 새》, 《뜯어먹기 좋은 빵》, 《캣츠아이》 세 권의 시집을 냈습니다. 산문집으로는 《천천히 또 박또박 그러나 악랄하게》가 있습니다. 청와대 국정홍보비서관으로 일한 바 있으며, 현재 '노사모'의 대표 일꾼으로 활동하고 있습니다.

꽃은 단지 스스로 필 뿐이야

_전진삼

유난히 선이 굵은 건축가가 있었다. 한겨울에도 맨발로 다니기를 좋아했고, 소주를 특히 좋아했던 건축가 장세양. 국립 진주박물관을 비롯하여 국립 경기도박물관, 국립 김해박물관, 국립 대구박물관 등 굵직한 건물을 설계한 그가 세상을 떠난 지 10년이 다 되어 간다.

'공간'은 한국 현대 건축의 태두라 불리는 창업자 김수근 선생이 돌아가시고 얼마간의 혼돈기를 거치며 어느 정도 재기에 성공한 10주년을 눈앞에 두고 있었다. 전적으로 2대 공간 그룹의 수장이 된 장 선배의 리더십이 큰 몫을 차지했다. 한 집단의 리더가 된다는 것이 얼마나 고된 일인가? 개인적으론 건축가로서 성공도 하고 싶었을 것이고, 이끌던 집단도 안정된 상태로 올려놓아야 했으니. 두 가지가 수월한 목표는 아니었으리라.

당시 종합 예술지를 표방하던 〈공간〉지의 데스크였던 나와 발행인이었던 그 사이에도 종종 부딪히는 일이 많았다. 그리하여 대화가 매끄럽지 못하다 싶으면 우리는 사무소 부근의 음식점으로 자리를 옮겨 앉았고, 기어코 낮술이 밤이슬로 젖기 일쑤였다. 그때마다 쏟아 내던 장 선배의 취중 잠언은 늘상 예의 꽃 이야기로 접어들곤 했다.

"밤새워 꽃은 피고, 아침에 일어나 처음 그 꽃을 발견한 사람은 읊조리겠지. '아아! 나를 위해 피어난 꽃이여! 아름다워라.' 그건 착각이야. 꽃은 누구를 위해서 피는 것이 아니지. 오롯이 꽃이란 놈의 자기 리듬을 타고 피어날 뿐이야."

그날따라 10월 하순의 밤공기가 무척이나 스산했다. 화제는 잡지 〈공간〉의 자립도를 앞세운 경영자의 주문이 실린 새로운 편집 방향에 대한 것이었다. 나는 쉽게 동의할 수 없었고 장 선배는 후배의 기분을 상하게 하지 않는 선에서 접점을 찾고자 고심하는 눈치였다. 낮부터 마신 소주병이 제

법 쌓였었으니 팽팽하게 긴장되었던 정신도 적당히 이완된 상태였다.

"꽃은 스스로 필 뿐이야."

결국은 네가 알아서 판단하라는 우회적 언사였다. 데스크의 편집권을 방해하지 않겠다는 발언이었다. 아니다. 〈공간〉지가 가고 싶은 길을 네가 막아서지 말라는 충고이기도 했다. 그때 〈공간〉은 통권 300호 발행을 넘어선 시점이었다. 잡지도 나이를 먹으면 잡지 스스로 되고자 하는 방향이 있는 법. 그것을 꺾지 말라는 얘기였다.

어느 쪽이든 '공간'이라는 외부 세계에서 선후배로 만나한 사람은 발행인이자 건축가로서, 또 한 사람은 편집자이자 비평가로서 시선의 다름을 익히 알면서도 우리는 그 집단의 아우라를 소주잔에 채워 입 안 깊숙이 머금곤 했다. 그때마다 새로 핀 꽃잎 한 점을 떼어 내어 곧잘 안주로 삼았던 것이다.

✳ 전진삼 | 건축 비평가이자 문화 기획자인 동시에 분방한 문화 활동가로 다방면에서 활약하고 있습니다. 《에밀레에밀레라》, 《부케가 있는 아침》 등 시집을 낸 시인이기도 합니다. 지은 책으로는 《조리개 속의 도시 INCHEON》, 《건축의 불꽃》, 《건축의 발견》 등이 있습니다. 월간 〈공간〉 편집장을 거쳐 지금은 건축 책 〈AQ〉의 발행인으로 일하고 있습니다. 배재대 건축과 겸임 교수이며, 간향미디어랩 대표이기도 합니다.

몰락에 직면함으로써
자신에게 더 가까워질 수 있다

_윤성희

어느 운수 회사의 차고지에서 이런 플래카드를 보았다. 내가 불리할 경우 무조건 양보한다. 플래카드는 바람에 날리고 있었고, '양보한다' 라는 글자가 제대로 보였다 뒤집혀서 보였다가 했다. 그렇군, 하고 나는 생각했다. 나는 어딘가를 가던 길이었거나, 어딘가에서 오던 길이었을 것이다. 그리고 며칠 후, 커다란 차들이 나를 에워싸는 꿈을 꾸었다. 앞 뒤 좌우. 꼼짝도 할 수 없었다. 꿈에서 깼을 때, 나는 한때 죽자 사자 만났던, 그러나 지금은 연락조차 하지 않고 지내는 친구들의 이름을 중얼거렸다.

　열아홉 살 되던 무렵, 나는 최승자의 시집에서 이런 구절을 발견했었다. "상처받고 응시하고 꿈꾼다." 그 말을 종이에 적어 놓고 부적처럼 지니고 다녔다. 내가 그 구절을 읽어 주면 고개를 끄덕여 주던 친구들은 다 어디로 갔을까? 술을 마시면 아이스크림을 먹고 싶어 하던 친구도 생각났고, 길거리 떡볶이를 사먹다가 갑자기 눈물을 흘려 버린 친구도 생각났다. 그립기는 했지만, 이상하게도 다시 만나고 싶은 생각은 들지 않았다.

과연 그럴까? 내가 불리할 때 무조건 양보하면 되는 것일까? 친구들의 이름을 중얼거리는데 그런 의문이 머릿속을 스쳤다. 내가 가장 견딜 수 없는 것은 내가 '편견'으로 가득 찬 사람이라는 것을 알아차릴 때다. 내가 '진부함'으로 가득 찬 사람이라는 것을 인정해야 할 때다. 20대에는 그것이 그렇게 견디기 힘든 일이 될 줄은 상상도 못했다. 멋지게 살고 싶었지만 만나면 어제 본 드라마밖에 할 이야기가 없던 빈곤한 삶.

20대에 두려운 게 있었다면, 아무 일도 일어나지 않는다는 것이었다. 버스 운전기사는 자기 노선을 벗어나지 않았다. 오늘 하루는 쉽니다, 하고 텔레비전에서 하루 종일 음악만 틀어 주는 일도 일어나지 않았다. 요컨대 그때 나의 화두는 '심심해'였다. 심심하지 않기 위해 상처를 찾아다녔다. 도대체 상처를 찾아야 꿈을 꿀 것이 아닌가!

그런데 이제는 두려운 것이 많아졌다. 결혼식 날 누군가가 실수로 결혼식이 열리는 성당에 큰 장례식 화환을 보냈다는 소설 구절에도 가슴이 덜컥 내려앉는다. 무심코 내뱉은 말 한마디에 누군가 상처를 받을까 봐 말하는 것조차 힘들어진다. '상처받고 응시하고 꿈꾼다'라는 부적 말고 이제는 다른 부적이 필요한 시기가 찾아온 듯하다.

몰락에 직면함으로써 너는 너 자신에게 더 가까워질 수 있다. 어느 연극 팸플릿에서 발견한 구절이다. 나는 '몰락'이라는 단어에 괄호를 그려 넣었다. 거기에는 수많은 단어들이 들어갈 수 있었다. 침묵, 고독, 용기, 태양, 바람, 절벽……. 단어들을 바꾸어 가며 문장을 되풀이해서 읽어 보았다. 한 번도 나 자신과 진지한 대화를 해본 적이 없었다는 사실을 알게 되었다. 나 자신과 가까워질 수 있는 어떤 노력도 해본 적이 없다는 사실을 알게 되었다.

친구들이 그립지만, 다시 만나고 싶지 않은 것은 왜일까? 서로의 상처들을 너무나 잘 알고 있으니까. 지금쯤 어딘가에서 그 상처들을 잘 아물고 살 것이다. 그럼 됐다. 다시는 못 만나도 상관없다. 이제는 나 자신을 들여다볼 시간이다. 매일 만나지만 영원히 헤어질 수 없는 이 지긋지긋한 나. 언제쯤이면 나와 악수를 할 수 있을까? 내가 나에게 작별 인사를 해줄 때쯤?

✽ 윤성희 | 〈유턴 지점에 보물지도를 묻다〉로 2005년 현대문학상을 수상한 소설가입니다. 1999년 동아일보 신춘문예에 단편 소설 〈레고로 만든 집〉이 당선되어 등단하였으며, 소설집으로 《레고로 만든 집》, 《거기, 당신?》이 있습니다.

담배 자꾸 피면…… 무좀 생겨

_장차현실

난 장애와 여성을 주제로 만화를 그린다. 그전엔 잡지사 디자이너, 북 디자인, 출판물의 삽화, 일러스트 등등, 그리기와 관련해서 다양한 일을 해왔었다. 그런 내가 만화를 그리기 시작한 건 1997년부터였다. 장애를 안고 태어난 나의 딸 은혜가 일곱 살 되던 해이다. 예상치 못한 아이의 장애, 이 아이를 데리고 얼마나 고단한 삶을 살아야 될까. 자포자기의 심정과 슬픔들……. 처음엔, 이기적인 마음 때문이어서인지 아이의 인생보다는 불안한 나의 미래가 더욱 크게 느껴졌었다.

여리고 온전치 못한 이 아이를 품에 안고 시간을 보내면서 난 조금씩 아이의 미래를 생각하며 슬픔에 잠기게 되었다. 그리고 아이가 살아 있는 동안 엄마로서 행복하게 해주어야겠다는 기특한 생각들을 하며 점점 바빠지기 시작했다. 활기 있는 생활들은 미리 앞서서 했던 걱정들과 정체감을 없애 주었다. 아이의 장애 특성에 맞게 해야 할 교육 프로그램들을 수집하고, 같은 장애 자녀를 둔 부모님들과 만나 정보 교류의 시간도 갖고, 또 아이에게 들어가는 엄청난 교육비를 버느라 정말 바쁘게 지냈다.

아이는 잘 자라 주었다. 여전히 비장애 아이들보다 해야 할 과제들이 많긴 했지만, 다른 아이들 못지않게 부모를 즐겁게 해주었다. 마치 내가 준 사랑만큼을 되돌려 받는 것 같은 기분이 들기도 했다. 아이의 정직함으로 말이다. 차츰 난 새로운 생각들을 많이 하게 되었다. 장애인과 사는 삶이란 것이 어려움과 부담이란 생각은 겁먹은 선입견에 불과하구나, 이 여리고 어린 아이가 다양한 삶을 이해하게 하고, 나와 다름에 대한 적대감과 어리석음을 없애 주었구나, 참으로 기특하였다.

처음 은혜를 낳았을 때 가졌던 불행의 느낌은 장애에 대한 나의 무지에서부터 온 것이란 것도 알게 되었다. 점차 아이가 세상으로 나가며 장애를 바라보는 사람들의 편견을 느끼게 되었고, 난 그들이 참으로 불편한 것을 가지고 있다는 생각을 하게 되었다. 조금 관대하게 많은 것을 받아들이고 함께한다면 더 큰 기쁨을 줄 터인데…….

그것이 내겐 메시지가 되었고 그림 그리는 재주를 가진 나는 은혜와의 일상을 스케치하듯 가볍고 즐거운 톤으로 그리며 사람들과 소통하게 되었다. 그건 그리 어려운 일이 아니었다. 사람들이 장애를 낯설어하고 부담으로 느끼는 것처럼 나 역시 그러했었기 때문에, 내가 경험하고 깨달았던 것들을 소소하고 솔직하게 그렸다.

요즘 나는 소중한 나의 가족과 함께 집의 텃밭을 일구며 만화를 그린다. 엄마는 아이를 기른다는 말은 진실일까? 아이가 엄마를 키우는 건 아닐까. 아마 후자가 맞으리라.

은혜는 내게 "엄마 많이 먹어……. 이것두, 저것두. 그래야 건강하지"라고 말한다. 얼마 전까지 남편이 없는 엄마가 외로움에 풀 죽은 얼굴이라도 하고 있으면 "엄마 딸님이(스스로에게 존칭 쓰는 걸 잊지 않는다) 옆에 있는데 그러면 돼?" 하며 따진다. 담배 피우기를 멈추지 못하는 모습을 보곤 "담배 자꾸 피면…… 무좀 생겨"라고 경고한다. 도대체 누가

이 기발한, 잘못된 정보를 은혜에게 흘렸을꼬.

영혼을 울리는 이런 말은 일상 속에서 빈번히 나에게 들려온다. 아이의 눈을 들여다보고 있노라면 아이는 내게 말한다. 세상 사는 게 얼마나 기쁜가를, 내가 얼마나 운 좋은가를…….

✱ 장차현실 | 여성과 장애를 주제로 한 만화를 그리고 있는 만화가입니다. 홍익대 동양화과를 졸업했으며, 1997년 페미니스트 저널 〈이프〉에 '색녀열전'을 연재하면서부터, 프리랜서 만화가로 일하기 시작했습니다. 펴낸 책으로 《색녀열전》, 《엄마 외로운 거 그만하고 밥 먹자》, 《마님 난봉가》 등이 있습니다.

앉자!

_성기완

나의 이모 중에 두 분이 수녀님이신데 그중 한 분은 환갑이 넘었지만 꼭 젊은 누나 같으시고, 나머지 한 분은 하얀 부처 같으시다. 하얀 부처 같으신 그분은 일흔이 넘은 나이를 잊은 채 강원도 깊은 산속에 암자 비슷한 것을 지어 놓고 거기서 참선을 하시며 용맹정진하시다가 지금은 다시 도시로 들어오셨다.

"앉자!" 이 말을 이모에게서 들은 게 벌써 10년이 되어 간다. 그해 겨울 나는 CPU가 다운되는 경험을 했다. 생각하는 대로 몸이 움직여지지 않은 건 마음이 시킨 일이었나 보다. 마음속에 비축해 놓았던 비상 용수가 완전히 바닥이 나고 떠날 사람이 가차 없이 떠나자 나는 자포자기의 감옥에 제 발로 걸어 들어가 스스로를 유폐시켰다. 말하자면 스스로 아픔을 택한 건지도 모른다. 나에 대한 나의 가장 강력한 경고이자 휴식의 명령이기도 했던 그 브레이크 다운은 나의 20대와 30대를 갈랐다.

그날 밤을 기억한다. 전화를 하고 있었고, 목이 말랐다. 후배 하나가 우리 집에 와 있었다. 전화 속에서 나는 한없이 웃었으나 실상은 가면 속의 내가 점점 그 기괴한 모습을 드러내고 있었다. 나는 나와 분리되었고, 분리된 나는 나를 바라보았고, 나는 싸늘한 빵 덩어리처럼 굳어 갔다. 그 후로 머릿속에는 비일상적인 전류가 흘러 다녔다. 밤이고 낮이고 그것들의 스파크로 인해 나는 상시적인 놀람의 상태 속에 있었다. 끝없이, 특히 밤에는 가로등 밑을 쏘다녔다. 찾아다녔지만 찾아지지 않았다. 나는 나를 잠재우고 싶었지만 잠들지 않았다. 나는 드디어 병든 것이다.

그리고 이모를 찾아갔다. 스스로 간 건 아니고, 어머니가 나를 그리로 보냈다. 시외버스 터미널에서 버스를 타고 한참을 간 후 다시 시골 버스로 갈아타고서 한참을 더 들어가서야 태백의 암자에 도달할 수 있었다. 이모의 표정은 늘 그렇듯 담담했다. 그러면서 이렇게 말씀하셨다.

"앉자." 이모가 앉자고 하시면 나는 이모와 마주 앉았다. 감은 듯 뜬 듯, 깊은 무표정으로 앉아 계시는 이모의 모습이 꼭 인자한 부처 같았다. 차가운 마룻바닥에 방석 하나를 놓고 오후 내내 그렇게 앉아서 숨 쉬고 있으면 너른 유리창이 달린 미닫이문 너머로 순진한 잡목들의 겨울 나뭇가지들이 뒤엉킨, 별로 화려하지도 않은 겨울 산이 보이다가 해가 졌다. 해가 지면서 유리문 안쪽에 앉아 있는 내 모습이 창에 비쳐 풍경과 섞였다. 나는 그 겨울 나무들 속에 있었다. 그러다가 풍경은 점점 사라지고 내 모습만 남았다. 나는 나를 비춰 보아야만 했다. 나는 앉아 있었다. 그렇게 하는 수밖에 없었다. 바로 그러는 수밖에 없었을 때, 이모는 내게 '앉자'고 하셨던 거다.

20대를 소진한 끝에 몸은 아팠고 마음은 지쳐 있었으며 정신은 혼미했다. 잊어야만 할 것들이 있었다. 많지도 않았지만 마음을 다해서 독하게 잊어야 했다. 거기서, 앉아서 잊었다. 그러면서 나도 그 잡목들의 일부가 되는 것을 느꼈다. 식물들이 어떻게 사는지 그때 알았다. 불의 시대, 동물성의 세기들이 지나가고 있음을 몸으로 깨달았다. 세계는

물의 시대를 거쳐 식물성의 시대로 접어들 것이라는 확신을 가지게 되었고 1998년에 발간한 나의 첫 시집인《쇼핑 갔다 오십니까?》에 그 흔적들이 기입되었다.

이모는 아픈 나를 위해 기도하시기 위해 그저 앉았다. 그것은 아무것도 아닌 행위였지만 내게는 그 이상의 위안이 있을 수 없었다. 앉아 있는 것. 스파크들을 겨우 참으며 앉아 있게 되면 그나마 혼신의 힘을 다해 졸음을 맞이할 수 있었다.

오는 길에 강릉인지 속초인지의 바닷가에 들렀다. 모래사장을 걸으며 헤드폰으로 음악을 들었다. 바람 속에서 스파크를 참았다. 기러기들이 날아올랐다. 날아오르는 기러기들을 보며 가까스로 희망을 가져 보려 노력했다. 그러자 한 줌의 희망이 생겼고 나는 그것을 허겁지겁 챙겼다.

산을 내려와 바다를 경유하여 서울로 돌아오자 내 나이 서른이었다.

✻ 성기완 | 시인이며, 대중음악 평론가로 활동하고 있습니다. 시집으로《쇼핑 갔다 오십니까?》,《유리 이야기》가 있으며, 산문집《장밋빛 도살장 풍경》, 평론집《재즈를 찾아서》등을 펴냈습니다. 밴드 '3호선 버터플라이'의 멤버로〈Self-titled Obsession〉,〈Oh! Silence〉 등의 앨범을 발매했으며, 영화〈싱글즈〉에서 음악 감독을 담당하기도 했습니다.

머뭇거리지 말고 시작해

완전한 것이 어디 있을까? 수영을 잘하기 전에는 수영장에 들어가지 않겠다는 식의
각오라니, 배신이 두려워 친구를 사귀지 않거나 이별이 두려워
사랑을 하지 않겠다는 것과 다를 것이 없었다.
비바람을 맞으며 다져지고 상처를 통해 익어 가는 불완전한 길 위의
여정이 청춘인 것이다. "자, 머뭇거리지 말고 발을 내딛어."

가슴 뛰는 일을 하라

_ 한비야

외국 출장 가는 비행기 안에서 한국 청년을 만났다. 군 복무를 마치고 복학하기 전 배낭여행을 하고 있다고 했다. 내 세계 여행기를 읽었다는 그 친구가 내게 물었다.

"재미있는 세계 여행이나 계속하지 왜 힘든 긴급 구호를 하세요?"

"그 일이 내 가슴을 뛰게 하고 피를 끓게 만들기 때문이죠."

이렇게 대답하고 나서 속으로 깜짝 놀랐다. 몇 년 전 케냐에서의 일이 떠올랐기 때문이다. 동아프리카 케냐와 소말리아 국경 근처에 우리 단체의 구호 캠프가 있었다. 대규모 가품 긴급 구호로서 식량과 물을 공급하고, 이동 안과 병원을 운영 중이었다. 그곳은 한센병(나병) 비슷한 풍토병과 함께 악성 안질이 창궐하여 수많은 사람들의 목숨을 앗아 가는 곳이었다.

그 이동 병원에 40대 중반의 케냐인 안과 의사가 있었다. 알고 보니 대통령도 만나려면 며칠 기다려야 할 정도로 유명한 의사인데 이런 깡촌에 와서 전염성 풍토병 환자들을 아무렇지 않게 만지며 치료하고 있는 것이었다. 궁금한 내가 물었다.

"당신은 아주 유명한 의사면서 왜 아무도 알아주지 않는 이런 험한 곳에서 일하고 있나요?"

이 친구, 어금니가 모두 보일 정도로 활짝 웃으며 말했다.

"내가 가지고 있는 기술과 재능을 돈 버는 데만 쓰는 건 너무 아깝잖아요? 무엇보다도 이 일이 내 가슴을 몹시 뛰게 하기 때문이죠."

순간 벼락을 맞은 것처럼 온몸에 전율이 일고 머릿속이 짜릿했다. 서슴없이 가슴 뛰는 일을 하고 있다고 말하는 그 의사가 몹시 부러웠고, 나도 언젠가 저렇게 말할 수 있다면 얼마나 좋을까 생각했었다.

그 제대병도 잠시 생각하더니 약간 흥분된 목소리로 내가 그랬던 것처럼 말하는 것 아닌가?

"나도 언젠가 그렇게 말할 수 있으면 좋겠습니다."

그러고는 내 가슴을 뛰게 하는 긴급 구호를 하려면 어떤 준비를 해야 하는지 물었다. 나는 이 일을 하는 데는 어떤 교육을 받고 어떤 기술을 습득하느냐보다 어떤 삶을 살기로 결정했느냐가 훨씬 중요하다고 믿는다고 답했다.

예컨대, 자기가 가진 능력과 가능성을 힘 있는 자에게 보태며 달콤하게 살다가 자연사할 것인지, 아니면 그것을 힘 없는 자와 나누며 세상의 불공평과 맞서 싸우다 장렬히 전사할 것인지를 선택해야 한다.

나는 두 번째 삶에 온통 마음이 끌리는 사람만이 긴급 구호를 제대로 할 수 있다고 생각한다. 그런 사람은 좀처럼 지치지 않는다. "누가 시켰어?" 이 한마디면 일하면서 겪는 괴로움이 곧바로 사그라지곤 한다. 그렇지 않은 사람은 겉멋에 겨워 흉내만 내고, 남 탓을 하거나 작은 어려움에도 쉽게 포기하기 십상이다.

"나 역시 내가 하고 싶은 일을 하고 싶지만 현실은 다르잖아요?"

제대병이 더욱 진지하게 물었다.

물론 다르다. 그러니 선택이랄 수밖에. 평생 새장 속의 새로 살면서 안전과 먹이를 담보로 날 수 있는 능력을 스스로 포기할 것인가, 아니면 새장 밖의 위험을 감수하면서 가지고 있는 능력을 최대한 발휘하며 창공으로 날아오를 것인가.

새장 속의 삶을 택한 사람들의 선택도 존중한다. 나름대로 충분한 장점과 이점이 있으니까. 그러나 세상 많은 사람들이 말하는, 새장 밖은 불확실하여 위험하고 비현실적이며 백전백패의 무모함뿐이라는 말은 사실이 아니라는 것을 알려 주고 싶다.

새장 밖의 삶을 사는 한 사람으로서, 새장 밖의 충만한 행복에 대해 말해 주고 싶다. 새장 안에서는 도저히 느낄 수 없는, 이 견딜 수 없는 뜨거움도 고스란히 전해 주고 싶다. 그러니 제발 단 한 번만이라도 자신의 가슴을 뛰게 하는 일이 무엇인지, 진지하게 생각해 보라고 권하고 싶다.

며칠 전 비행기 안에서 한 청년에게 던졌던 질문, 내가 나에게도 수없이 하는 질문을 여러분께도 드린다.

"무엇이 나를 움직이는가? 가벼운 바람에도 성난 불꽃처럼 타오르는 내 열정의 정체는 무엇인가? 쓰고 또 쓰고 마지막 남은 에너지를 기꺼이 쏟고 싶은 그 일은 무엇인가?"

✽ 한비야 | 국제 NGO 월드비전 긴급 구호 팀장으로 활동하고 있습니다. 홍보 회사에서 일하다 과감히 사표를 던지고 '걸어서 세계일주'를 실현하기 위해 여행길에 올랐습니다. 그 후 세계 각지에서의 여행 경험을 담아 《바람의 딸, 걸어서 지구 세 바퀴 반》, 《바람의 딸, 우리 땅에 서다》, 《한비야의 중국 견문록》, 《지구 밖으로 행군하라》 등을 썼습니다.

사랑하라, 그리고 마음대로 하라

_조광호

1970년대 어느 세모, 서울에서 출발한 직행 버스는 폭설 주의보가 내린 대관령을 넘어가고 있었다. 칠흑 같은 어둠 속급경사 고갯길을 조심스럽게 내려가는 버스 안에는 잠에 취한 승객들이 쓰러진 석상처럼 흔들리고 있었다. 나는 하얀 성에가 녹아내린 차창에 비치는 낯선 얼굴을 피해 애써 눈을 감아 보지만 허사였다. 어둠 속으로 질주하는 자동차의 굉음처럼 비장한 절규로 자신을 원망하고 있었다.

당시 20대 후반이었던 나는 가톨릭 수도자로서 사제 지망생이었다. 가난하고 불쌍한 사람들을 위해 한 생애를 오롯이 하느님께 바치겠다는 일념으로 10여 년 동안 엄격한 교

육을 받아 왔다. 그러나 화염 같은 시절의 그 엄청난 유혹과
회의로 나의 내면은 더없이 황폐하고 메말라 있었다.

돌이켜 보면 나의 선택은 처음부터 문제가 있었다. "하느
님께 나를 맡겨 드리겠다"는 믿음은 오로지 말뿐이었고, 늘
내 뜻과 의지가 앞서 있었다. '은혜의 종교'인 그리스도교
안에서 이러한 나의 태도는 좌절의 골이 크고 깊을 수밖에
없었다. 엄청난 이상과 현실의 괴리 앞에 나는 끝내 손을 들
고 말았다. 마침내 나는 모든 것을 다 청산하기로 했다. 그
리고 환속하기 전 마지막으로 어머니를 뵙기 위해 고향으로
가고 있었다.

나는 어려서부터 장난이 심하고 고집 세고 성격이 급한
다혈질 악동으로 동네에서 이름나 있었다. 광 속의 제기를
꺼내다 엿장수에게 갖다 주니 새 그릇이라 받기 곤란하다고
했다. 그러자 다리 밑에서 돌로 놋그릇을 깨다가 내 발등을
찧을 정도로 나는 험한 아이였다. 그런 나를 키우신 어머니
의 교육 방법은, 엄청난 일이 생겼을 때는 나를 품에 안고서
귓속말로 내 이름을 부르시고는 "다시는 그러지 마라!" 하
며 용서하시는 것이었다. 그러나 나쁜 욕을 하거나 남에게
해를 끼치는 등의 작은 일에는 너무나 엄격하셨고 때때로

회초리를 들기도 하셨다.

이러한 나의 성격을 익히 아는 어머니는 내가 신부가 되겠다고 했을 때 가장 많이 반대하셨다. 그러나 내가 신학교에 입학한 후에는 10여 년 동안 하루도 빠짐없이 나를 위해 성당에 나가셨고, 난방이 안 되는 성당에서 기도하시다가 졸도를 하시기도 했다. 오로지 나를 위한 어머니의 정성은 말로 다할 수 없는 것이었다. 그뿐이 아니었다. 어머니는 동네 무의탁 결핵 노인들을 돌보시다가 결핵에 감염되어 투병하고 계시는 중이었다.

일제 시대에 아버지를 따라 험난한 유랑의 삶을 살았고, 한국 전쟁으로 형님을 잃으신 어머니, 아버지가 세상을 떠나시자 온갖 고초를 다 겪으며 홀로 가정을 돌보며 사신 그 노모에게 나의 환속 통보는 청천벽력과 같은 절망의 소식일 수밖에 없었을 것이다.

고향에 도착하니 함박눈이 앞을 분간키 어려울 정도로 내리고 있었다. 집 가까이 도착하자 어머니는 내 발소리를 용케도 아시고 나를 반겨 주셨다. 늦은 저녁 식사를 끝내고 참으로 오랜만에 어머니 곁에 앉았다. 말문을 열지 못하고 망설이고 있는데, 어머니는 "무슨 고민이 있느냐"며 내 손을 잡으셨다. 나는 마침내 입을 열고 심중의 이야기를 조심스럽게 어머니께 전했다. 한동안 어머니는 고개를 떨군 채 말이 없으셨다.

"어머니, 정말 죄송합니다" 하고 흐느끼는 나에게 "얘야, 그럼 하느님도 이제 멀리하며 사는 게냐?" 하고 어머니는 말문을 여셨다. "아닙니다. 어머니, 다만 신부가 되지 않고 평신도로 사는 것뿐입니다" 하고 대답하자 어머니는 그 옛날처럼 나를 두 팔로 안으셨다. 그리고 흐느끼는 목소리로 "얘야, 그럼 아무 걱정 하지 말고 네 마음대로 해라!" 하셨다. 나는 그날 밤 어머니 곁에서 처음으로 오랫동안 흐느껴 울었다.

10여 년 동안 지극 정성으로 하느님 앞에 드렸던 그 간청이 한순간에 허물어지는 수모와 허망함에도 불구하고 어머니는 냉정하리만치 담담하셨다. 나를 위한 어머님의 기도와 정성은 "아들이 사제가 되게 해달라"는 청원이 아니라 오로지 나를 조건 없이 사랑한 '뜨거운 사랑의 기도'였다.

"사랑하라, 그리고 마음대로 하라!"는 성 아우구스티누스의 말씀대로 어머니는 믿음 안에 해방과 자유가 어떤 것인지를 나에게 깨우쳐 주셨다. 형벌처럼 내려진 패배감과 수

치스러움으로, 자신에 대한 증오와 배신감, 낙담과 허무함으로 나를 옭아매던 감정의 동아줄이 참으로 이상하리만치 서서히 풀려 가고 있었다.

나는 며칠 후 하얗게 눈 덮인 대관령을 다시 넘어 신학교로 갔다. 그리고 또 세월은 30년이 흘렀다. 참으로 다사다난했던 세월이었다. 천국에 계신 어머니, 금년 겨울에도 눈이 많이 내리면 고향에 한번 다녀오겠습니다.

✽ 조광호 | 신부이며, 화가입니다. 가톨릭대 신학부와 독일 누른베르그 미술대학을 졸업하였습니다. 국내외에서 20여 회 개인전을 열었으며, 주요 작품으로는 당산철교 벽화, 부산 남천성당 대형 유리화 등이 있습니다. 인천가톨릭대 종교미술학부 교수로 있습니다.

박수 칠 때 떠나라

_주철환

"박수 부탁드립니다."

가수나 연주자가 처음 무대에 등장할 때 사회자가 흔히 하는 말이다. 가끔은 당사자가 직접 박수를 유도하기도 한다. 호기심으로 시작된 박수가 즐거움과 기쁨으로 연결되면 박수는 자발적으로 이어지기 마련이다. 객석의 반응이 감동으로까지 고조되면 관객은 마침내 자리에서 일어난다. 이른바 기립 박수를 보내는 것이다.

반대로 어느 순간 관객의 기대감이 인내심으로 바뀌면 박수의 의미도 따라서 급전직하한다. 이제 더 이상 이곳을 극기 훈련장으로 만들지 말고 무대를 떠나라는 요구다. 그때

치는 박수는 야유의 가면일 뿐이다.

프로의 세계가 냉정한 것은 무대 위의 프로가 냉정한 게 아니라 실은 관객이 냉정하기 때문이다. 진정한 프로는 관객을 탓하지 않는다. 관객이 배신하는 게 아니라 프로가 어느 순간 몸값, 이름값을 못하는 까닭에 자연스럽게 외면당하는 것이다. 관객은 옛정을 기억해 주지 않는다. 관객은 오로지 지금 무대 위에 있는 사람의 재주를 가늠할 뿐이다.

방송에서는 좀 재미있다 싶으면 무한정 끌게 되는 경우가 종종 있다. 드라마는 말할 것도 없고 연예·오락 프로그램의 인기 있는 꼭지들에서도 흔히 생기는 일이다. 새로운 아이디어나 인물이 시청자들의 공감을 얻어 확실한 지지 기반을 다지기가 어디 수월한 일인가. 결국 시청자들이 질릴 때까지 엿가락처럼 늘이다가 불명예스럽게 자취를 감추는 일이 잦게 된다.

한때 내가 일했던 방송사의 선배인 이연헌 프로듀서가 후배들에게 늘 강조하는 말이 바로 '박수 칠 때 떠나라'였다. 최근엔 영화의 제목으로도 쓰였지만 사실 이 말은 대한민국에서 가장 오랜 기간 방송되었던 드라마 〈전원일기〉의 첫회 때 붙은 부제였다. 그는 이 드라마의 최장수 연출가 출신이다. 이 말 뒤에 그는 종종 야구 용어를 덧붙이기도 했다. '히트 앤드 런.' 즉, 치고 빠지라는 것이다.

안타나 홈런을 치기도 쉽지 않지만 그것을 날리고 뒤로 빠지기는 더욱 어렵다. 치고 빠지는 건 지혜와 용기를 동시에 갖는 일이다. 지혜가 없는 용기, 용기가 없는 지혜가 세상에 오죽 많은가. 사람들을 미련하다고 나무라는 건 그 한 줌의 미련을 제때에 못 버리기 때문이다.

요즘 나의 노래방 애창곡은 전승희라는 남자 가수가 부른 〈한 방의 블루스〉다. 처음 라디오에서 제목만 들을 땐 '한밤의 블루스'인 줄 알았는데 노래를 자세히 들으니 '한 방의 블루스'였다. 노랫말이 이렇게 시작된다.

"옛날의 나를 말한다면 나도 한때는 잘나갔다. 그게 너였다. 아니, 그게 나였다. 한때의 나를 장담 마라."

그렇다. 모두가 한때다. 영원한 것은 없다. 그런데 그 한때가 마치 영원할 것처럼 착각하고 호기를 부린다. 어리석기 짝이 없다. 스스로를 망칠 뿐 아니라 남까지 욕보이는 행위다. 법률상으로 대한민국을 대표하는 사람이었던 대통령들 중 국민들의 마음에서 우러나오는 박수를 받고 퇴장한 사람이 몇 명이나 되는가.

매너리즘에 빠지려 할 때마다 나는 노선배의 지혜를 떠올리곤 한다. 돌아보라. 세상의 얼마나 많은 사람들이 박수 칠 때 머뭇거리다가 일을 그르쳤는가. 박수 칠 때 떠나자. 한때의 나를 너무 믿지 말자.

✱ 주철환 | 이화여대 언론홍보영상학부 교수입니다. 문화방송 PD로 일하면서 〈퀴즈 아카데미〉, 〈우정의 무대〉, 〈일요일 일요일 밤에〉, 〈테마 게임〉 등을 연출한 바 있습니다.

선생님처럼 그리지 않을래요

_박재동

휘문고등학교에서 미술 교사로 교편을 잡고 있던 1979년쯤일 것이다.

당시에 나는 종로 2가에 있던 향린미술학원에서 강사 노릇도 함께 했었는데, 당시 경복고 3학년이었던 한 학생과 친하게 지냈다.

예술적 재능은 물론 작품을 이해하는 시각 또한 학생답지 않게 매우 깊이가 있었던 그 아이를 나는 무척이나 아꼈고 그 또한 나를 많이 따랐다.

그때 나는 휘문고등학교 옆 도로 공사 중인 언덕 아래, 판자로 집을 짓고 혼자 살고 있었다. 아무도 몰랐고 아무도 데

려오지 않았다. 그런데 어느 날 그 외진 곳으로 그 아이가 찾아왔고, 나는 내 작품들을 보여 주게 되었다.

나는 당시 모더니즘적이고 실험적인 미술 풍토에 휩쓸려 굉장히 추상적이고 현실과 동떨어진 창백한 그림 세계에 심취해 있었다. 심지어 지상의 풍경은 이제 더 이상 그릴 게 없다며 토성에서 본 소행성과 얼음 조각 등을 그리고 있었던 것이다.

예술가는 어차피 대중과 소통할 수 없고 정치도 어차피

손댈 수 없다고 생각했다. 난 예술 지상주의자였다.

그 아이는 내가 그려 놓은 그림들을 둘러보았다. 내심 녀석이 내 작품을 보고 놀라서 나의 미술 경향에 영향을 받지 않을까 하는 기대를 했다. 그런데 대뜸 "전 선생님처럼 그리지 않을 거예요. 선생님 그림엔 삶도 역사도 없어요" 하는 것이 아닌가.

나는 깜짝 놀랐다. 보통 스승과 제자는 같은 미술 세계를 지향하기에, 그 아이로부터 그걸 기대했던 나는 충격을 받았다. 그 아이는 현실이었고 삶이었고 사랑이었는데 나는 관념이었다.

이 아이가 던진 한마디는 서서히 내 마음에 균열을 일으키더니 이윽고 외롭고 비현실적이며 고집스럽던 나의 성을 무너뜨리고 말았다. 입시 준비생이던 그에게 나는 한편으로는 태산이기도 했는데 그 태산이 허무하게 무너진 것이다.

철저하게 '삶의 철학'을 예술관으로 가진 제자에 의해 나는 무너져 갔던 것이다. 그것은 나의 오랜 방황을 끝맺는 계기가 되었고, 차츰 나는 나와 이웃의 삶을 되돌아보기 시작했다.

그로부터 얼마 뒤 나는 미술 그룹 '현실과 발언' 동인에

가입해 있었고, 그 얼마 뒤에 나는 한겨레 신문에서 예술지
상주의와 전혀 반대의 지점에서 '한겨레 그림판'을 그리고
있었다.

✽ 박재동 | 1989년부터 1996년까지 '한겨레 그림판'을 그리며 시사 만화가로 알려지기
시작했습니다. 지금까지 낸 책으로는 《환상의 콤비》, 《아이야 우리 식탁엔 은쟁반에》, 《만
화 내 사랑》, 《한국 만화의 선구자들》, 《목 긴 사나이》, 《박재동의 실크로드 스케치 여행
1·2》, 《만화 삼국유사》 등이 있습니다. 박재동의 TV만평 〈별별 이야기〉 등 애니메이션
영화의 감독이기도 합니다. 현재 한국예술종합학교 애니메이션과 교수로 재직 중입니다.

할 수 있는 일이면 과감히 행하라

_김신명숙

1994년 말이나 1995년 초였을 것이다. 당시 독일에 머물고 있던 나는 항상 몸보다 마음이 분주했다. 백수였기 때문이다. 10년 정도 다녔던 신문사를 그만두고, 낯선 땅에서 허기와 불안, 막연한 기대로 확실치 않은 '그 무언가'를 찾던 나는 그 무렵 독일 여성들의 삶을 조금씩 탐색해 들어가고 있었다. 처음엔 단순한 호기심 차원이었다. 독일에 오기 전 결혼해 아이를 낳고 기자 일을 계속하면서 너무나 힘들고 지치는 시기를 보내야 했던 나는 자연스럽게 독일 여자들은 어떻게 살고 있는지 이모저모를 살피게 됐던 것이다.

그러면서 처음의 호기심은 놀라움과 경탄, 부러움으로 바

뛰어 갔다. 상상했던 것 이상으로 독일 여성들은 많은 것을 이뤄 냈고 그럼에도 여전히 투쟁이 이어지고 있었기 때문이었다. 독일 여성들의 삶에 대한 윤곽이 대략 잡히면서 내가 알게 된 것들을 내 나라의 성(性) 동지들에게 알리고 싶다는 소망에 휩싸였다. 그러자면 책을 내는 게 최선이었다.

하지만 자신이 없었다. 아무도 알아주지 않는 현직 백수, 전직 일개 기자의 글을 누가 책으로 내줄 것이며 요행 기회가 주어진다 해도 누가 읽어 줄 것인가?

그렇게 주저하던 시기, 어느 페미니즘 관련 서적의 서문을 읽다가 마주치게 된 게 바로 이 구절이었다. 순간 나는 자신 없이 앉아서 졸고 있다가 쩌억 얼음이 갈라지는 소리로 죽비를 한 대 얻어맞은 기분이었다. 그랬다. 중요한 것은 누가 나를 '알아주는 것'이 아니라 내가 그 일을 '할 수 있느냐' 그리고 '진실로 하고 싶은가' 하는 것이었다. 타인의 시선과 평가를 그만 부려 놓고 오로지 '할 수 있는가', '하고 싶은가' 하는 물음에만 집중하니 나도 모르는 새에 자신감이 생겼다.

'아무도 출판해 주지 않아도 좋아. 독일 생활을 정리하는 개인 기록으로 남겨 두지 뭐. 그것도 의미 있잖아?'

그렇게 마음을 다잡은 후 자료 수집에 더욱 몰두했고, 몇 달 후 귀국해 바로 집필에 들어갔다. 그리고 결국 1996년에 《나쁜 여자가 성공한다》라는 책을 출판할 수 있었다. 다행스럽게도 수만 명의 독자가 이 책을 읽어 줬고 이를 계기로 새로운 내 인생이 시작됐다. 그때 한국 여성들에게 던져진 '나쁜 여자'라는 화두는 갈수록 그 영향력을 키우고 있는 중이다.

학교에서든 직장에서든 사람들을 일렬로 세우고 일등, 엘리트만 칭송하는 한국 사회는 한마디로 '보통 사람 기죽이는 사회'다. 여자들의 경우는 더 말할 것도 없다. 그러다 보니 사람들, 특히 여자들은 충분히 할 수 있는 일도 '내가 뭐 잘났다고……' 하며 움츠리는 태도를 보이는 경우가 흔하다. 핑계 댈 이유도 많다. 여자라서, 나이가 많아서, 학벌이 안 좋아서, 예쁘지 않아서…….

그러나 모든 사람에게는 자기만의 개성과 능력이 있다. 무슨 일이든 할 수 있다면 시도할 권리도 있다. 결과가 좋지 않다 해도 시도도 하지 않는 것보다는 백배 나은 것이다.

쓸데없이 자신을 비하하면서 스스로 발목을 묶지 마라. 그것처럼 어리석은 일이 없다. 노래하고 싶은 꾀꼬리가 공작의 미모에 주눅 들고, 수영하고 싶은 물개가 치타의 질주를 보고 수영을 포기한다면 그것처럼 불행한 일은 없다. 그러나 이 사회는 이런 비교로 당신을 곧잘 기죽인다.

그러므로 만약 당신이 할 수 있고, 하고 싶은 일이 있다면, 과감히 행하라!

✽ 김신명숙 | 한국에 살면서 여성의 삶에 심각한 문제의식을 느끼다가, 독일에 유학한 2년 동안 그곳 여성들의 삶을 체험하면서 여성 문제에 대해 확고한 인식을 갖게 되었다고 합니다. 그런 생각을 담아서 낸 책이 바로 《나쁜 여자가 성공한다》입니다. 현재 페미니스트 저널 〈이프〉 편집 위원으로 활동 중입니다. 《소설 허난설헌》, 《미스코리아 대회를 폭파하라》를 쓴 작가이기도 합니다.

해서 안 될 사랑은 없다

_박승걸

얼핏 보기에 꽤 위험해 보이기도 하는 이 말은 한창 고민이
많던 대학 시절 우연히 접한 TV 드라마 광고 문구였다. 길
가다 들른 동네 구멍가게의 자그마한 텔레비전 화면에 잠시
떠 있는 것을 보고는 한참을 그대로 움직이지 못했다. 이미
다른 장면이 진행되고 있는 텔레비전 화면을 물끄러미 바라
보면서 머릿속에 화학 작용 같은 것이 일어나는 걸 느끼고
있었다. 그 머릿속 화학 작용은 당시 진로에 관한, 인생에
관한, 사랑에 관한 음침한 고민들에 광명을 비추어 주는 듯
했다.

어이없는 상황에서 얻은 순간적 깨달음의 내용은 이렇다.

사랑은 이성적인 행위가 아니다. 그러니까 이성적 판단의 결과가 아니라는 것이다. 그러니 그것을 이성적 판단인 '된다', '안 된다'란 말로 꾸밀 수 없다는 것이다. 사랑은 이성 그 이전의 것이다. 쉽게 말해서 사랑은 자기도 모르게 '빠져 드는 것'이며, 그 존재를 알았을 땐 이미 그것에 '젖어 있는 것'이다. 따라서 '해서 안 될 사랑'이란 말은 맞지 않다. '이루어질 수 없는 사랑'이라면 맞을지 모르지만 말이다. 이런 생각들 속에 한참 흥분을 가라앉히지 못했던 기억이 난다. 난 사랑의 정체라도 알게 된 양 가슴이 벅차고 뿌듯했다.

그 우연하고도 순간적이었던 깨달음의 시간 이후로 내 소심했던 삶에 변화가 찾아왔다. 그 머릿속 화학 작용은 어떤 상황을 받아들이고 이해하는 데 있어서 내 시선과 자세를 바꾸어 놓았다. 사랑을 비롯해서 이성 이전의 것들에 대한 소모적인 고민이 줄었다. '난 왜 이런 걸 사랑할까?'란 식의 고민은 줄었고, 그 고민에 썼던 에너지를 사랑하는 것들에 바로 직접 쏟을 수 있었다. 내가 사랑하는 모든 것들에 대해 적극적이고 자유롭게 대처했다.

그야말로 '이루어지지 않을 가능성'에 대한 두려움이 거의 사라진 것이다. 이루어지지 않는다고 해서 그것이 '해서 안 될 사랑'은 아니니 말이다. 그 사랑은 그 자체로 이미 의미 있고 생산적인 것이다. 말을 바꾸면 실패에 대한 두려움이 적어졌다고 할 수 있다. 이 실패에 대해 의연할 수 있는 삶의 자세가 세상의 가치 있는 것들을 탄생시킨다는 것은 이미 흔한 진리다. 난 그 흔한 진리를 동네 구멍가게의 흐릿한 텔레비전 화면 속에서 발견한 한마디 말로 내 삶에 선명하게 받아들인 것이다.

공연을 만드는 연출가로서 작품을 선택하고 장면을 해석하고 인물을 이해하는 것에 있어서도 변화한 내 삶의 태도는 영향을 미쳤다. 이전엔 이해하기 힘들었던 작품 속 상황과 인물들이 더 쉽게 다가왔다. 작품을 구상하면서도 이성적 판단에 속할 수 없는 것들에 대한 고민이 줄었던 것이다. 세상에 이성적 판단과 인과 관계로만 이해될 수 없는 것들이 많다는 걸 새삼 깨닫게 된 결과였다. 때론 무모하고 소모적인 일이라고 느껴지던 것들의 가치를 새롭게 발견하게 되었다.

내가 창작해 내는 작품 속 인물들도 나처럼 이성 이전의 것들에 대해 고민하는 모습은 거의 보이지 않게 되었다. 그들은 기꺼이 무모한 사랑에 빠져 허우적대며 위험한 모험 속에서 소모적인 노력을 한다. 난 그 모습들에서 인간 본연의 순수를 발견하곤 한다. 그 발견된 순수에 관객이 전염되길 원하면서 작품을 만들어 가게 되었다. 이성적 판단으로 가득 차 보이는 세상에 이성 이전의 것들과 이성 바깥의 것들이 보여 줄 수 있는 긍정적 모습을 드러내고 싶은 모양이다.

내 작품 중에 〈백설공주를 사랑한 난장이〉가 있다. 일곱 난쟁이 중에서 가장 작고 어린 난쟁이 반달이가 백설공주를 짝사랑했었다는 설정 아래, 그 숨겨진 이야기가 작품의 본 내용으로 자리 잡고 있다. 당연히 가장 작고 어린 난쟁이 반달이가 슬프고 아름다운 사랑 이야기의 주인공이다. 내 실제 상황이 투영된 작품이라고 많이 알려져 있다. 누구에게나 추억 속에 아픈 사랑의 기억 하나쯤은 있을 것이다. 첫사랑이란 이름으로 혹은 외사랑, 짝사랑, 아니면 다른 이름으로……. 간혹 우리는 그 슬프고 아름다운 사랑을 '해서 안 될 사랑'이었다고 말하려 한다.

백설공주를 향한 말 못 하는 막내 난쟁이 반달이의 사랑은 당연히 결과적으로 그를 비극적 주인공으로 만든다. 그렇게 고통스럽고, 상처 많고, 희생뿐인 듯한 가장 작은 이의 사랑이 과연 '해서 안 될' 것이었을까. 조용하지만 실천하는 사랑이 그를 행복하게 했고, 세상을 변화시키는 실제적인 힘이 되었다. 이 사랑이란 말에 '꿈'을 대입해 보면 그 이해가 쉬울지 모르겠다. 세상에 흔하디흔한 말, 꿈과 사랑……. 이 뜬구름 같은 것들의 본모습이 세상을 변화시키고 인간을 성숙하게 만드는 실제적인 힘이라 믿는다.

해서 안 될 사랑은 없다.

✱ 박승걸 | 연극 〈백설공주를 사랑한 난장이〉로 많은 이들의 마음을 울린 연극 연출가입니다. 극단 유 연출부에서 일하고 있으며 퍼포밍 그룹 '종이상자' 대표이기도 합니다. 그가 연출한 작품으로는 〈홀스또메르 2000〉, 〈나무를 심은 사람〉, 〈소매 속 여행, 호두까기 인형〉, 〈꽃과 공룡〉 등이 있습니다.

나이 서른에 우린 어디에 있을까

_김해성

1980년 5월 '민주화의 봄' 시절, 나는 서울 시청 앞 광장 시위대에 끼여 있었다. 중무장한 경찰이 위협적인 군홧발 소리와 함께 진격을 시작했다. 갑자기 최루탄이 터지며 몽둥이가 날아들었다. 밀리기만 하던 중 나는 직격 최루탄을 뒤통수에 맞았다. 정신을 잃은 채 분수대에 빠졌고 물에 빠진 생쥐 꼴이 되어 최루탄 가루를 씻어 냈다. 그 자리에는 친구들에게서 떨어져 나온 신발과 가방, 책과 소지품들이 산더미처럼 대여섯 무더기가 쌓여 있었다. 바로 머리 밑에서부터 목까지 온통 진물투성이가 되었고 끝내는 뱀처럼 허물을 벗고 말았다.

이후 비상 계엄령은 전국으로 확대되었고 모든 대학에 휴교령이 내려졌다. 친구였던 류동운은 광주에 내려가 전남도청을 사수하다가 죽음을 당했고, 망월동에 묻혔다. 그런데 나는 친구 집에 숨어 바둑과 장기를 두며 시간을 보냈다. 비겁하게 목숨을 부지하였던 나는 결국 빚진 자의 심정으로 가난한 이들과 함께 살기 위해 성남에 내려갔다. 그게 25년 전의 일이다. 당시 성남에는 노래꾼 백창우 씨가 먼저 자리를 잡고 있었다. 우리는 그가 만든 노래 중에 〈아직 살아 있는 우리들에게〉를 의미심장하게 함께 부르곤 하였다.

나이 서른에 우린 어디에 있을까? 어느 곳에 어떤 얼굴로 서 있을까?

나이 서른에 우린 무엇을 사랑하게 될까? 젊은 날의 높은 꿈이 부끄럽진 않을까?

우리들의 노래와 우리들의 숨결이 나이 서른엔 어떤 뜻을 지닐까?

아스팔트 위에 던져진 어느 벗들의 신발을 나이 서른에 우린 기억할 수 있을까?

나는 삶에 대해 심각한 고민을 하기 시작했다. 나의 적은 '미 제국주의'도 아니고 '군부 독재'도 아니라 끊임없이 안일하게 살고자 하는 나 자신임을 깨닫게 되었다. 나 자신을 극복하기 위해 광주 망월동의 친구 묘까지 도보 순례를 시작했다.

첫날 평택까지 걸었는데 발가락마다 물집이 잡혔다. 둘째 날부터는 물집이 터져 피가 나기 시작하였다. 불편했던 발목마저 이내 고장이 났고, 절뚝거리면서 이를 악물고 기다시피 갔다. 드디어 비를 맞으며 망월동 친구의 묘 앞에 도착했다. 그동안의 생각으로는 펑펑 울어 댈 것 같았는데 어인 일인지 눈물이 나지 않았다. 그저 친구와 함께 나지막하게 〈임을 위한 행진곡〉을 불렀다.

그날 이후 나는 21일간 금식 기도를 하였고, 소외받고 가난한 이들과 함께 사는 삶을 살기 시작했다. 노동자로 살기 위해 생산직 노동자로 공장에서 일을 하기도 했고, 노동자들을 위한 교회를 세우고 노동 상담소 '희망의 전화'를 운영하기도 했다. 1992부터는 외국인 노동자들을 만나면서 '외국인 노동자의 집/중국 동포의 집'을 세우고 이들의 인권을 위해 일해 왔다. 외국인 노동자들을 위한 법 제정 운동을 하다 구속된 일도 있었다.

세월이 흘러 서른을 훌쩍 넘기고 마흔 중반도 넘어선 지금, 나는 아직도 외국인 노동자와 중국 동포 문제를 붙들고 씨름하고 있다. 언론 매체에 종종 실리는 기사를 보며 옛적 친구가 전화를 한다.

"야! 이 자슥아, 니 지금도 그 짓 계속하고 있나?"

✽ 김해성 | 목사이며, 외국인 노동자의 집/중국 동포의 집 대표입니다. 외국인 노동자와 동포들의 인권을 위해 활발한 활동을 벌여 온 그는 최근 외국인 노동자들의 무료 진료를 위한 '외국인노동자전용의원'을 설립하기도 했습니다. 저서로 《목사님, 저는 한국이 슬퍼요》 등이 있습니다.

머뭇거리지 말고 시작해

_이희재

20여 년 전이니 아마 1980년대 초였을 것이다. 책의 이름도
작가도 생각나지 않는다. 일본의 저널리스트였던 것 같다.
청년들에게 권하던 글을 나는 청년의 귀로 들었다. "머뭇거
리지 말고 시작해."

그때 나는 세상에 대해 어리숙했고 눈앞은 어느 것 하나
또렷하지 않았다. 시국마저 잿빛이었으니……. 나는 더듬거
리며 걸어가고 있었다. 조바심으로 비틀거리며, 그러나 무
르익기 전에는 나서지 않겠다는 설익은 완벽주의를 내 안에
품고.

하지만 완전한 것이 어디 있을까? 수영을 잘하기 전에는

수영장에 들어가지 않겠다는 식의 각오라니, 배신이 두려워 친구를 사귀지 않거나 이별이 두려워 사랑을 하지 않겠다는 것과 다를 것이 없었다.

비바람을 맞으며 다져지고 상처를 통해 익어 가는 불완전한 길 위의 여정이 청춘인 것이다. "자, 머뭇거리지 말고 발을 내딛어."

✻ 이희재 | 1970년 만화계에 발을 디딘 이래 지금까지 20여 편의 작품을 발표해 온 만화가입니다. 주요 작품으로는 《악동이》, 《간판스타》, 《해님이네 집》, 《나의 라임오렌지나무》, 《저 하늘에도 슬픔이》 등이 있습니다.

존재의 가벼움은 참을 수 없다

_정은숙

이 말은 체코 출신의 망명 작가 밀란 쿤데라의 소설 《참을
수 없는 존재의 가벼움》에 연원을 두고 있다. 고국에서 예술
대학 교수로 재직했지만 러시아군의 주둔 이후 일터에서 쫓
겨나 프랑스로 거처를 옮긴 이 작가는 책 표지의 사진에 의
하면 다소 신경질적이면서도 명석함이 뚝 흘러내리는 듯한
외모를 하고 있다. 이 작가가 니체의 영원 회귀 사상을 말하
다 존재의 가벼움을 탄식했을 때, 이를 읽고 있던 나는 직장
생활을 시작한 지 서너 해쯤 지나던 바로 그 무렵이었다.

"존재의 가벼움은 참을 수 없다." 이때 존재라 함이 무엇
을 뜻하는지는 더 적을 필요가 없으리라. 20대 후반 당시 내

삶은 암울했다(고 느꼈다). 특별히 무슨 항목을 나열해서 비관하고 말고 할 것도 없이 나는 총체적으로 내 상황이 절망적이라고 생각하고 있었다. 무엇 하나 신통한 것이 없으니 그 밑바탕에는 절망만이 남을 수밖에. 날마다 출근해서 쌓인 일들을 해치우느라 때론 명랑도 가장하곤 했지만, 하루 해가 저무는 시간에는 무진장 그 무엇인가를 소모한다는 생각이 들었다. 또 어떻게 보면 소중한 청춘이었지만 그 당시는 시간을 죽이는 것도 하루의 큰 짐이었다.

그때 나는 쿤데라의 이 소설을 읽은 것이다. 그리고 나는 흡사 누에가 고치를 뜯고 나오듯이 존재의 가벼움을 떨쳐 버리려고 감히 어떤 의도를 품기 시작했다.

목표가 생기자 조금씩 하루하루의 모습이 달라 보이고 또 달라져 갔다. 퇴근 후에도 오늘은 어디로 가서 시간을 죽일까 하는 생각을 하지 않게 되었다. 더 깊이 책 세계에 매혹된 것 또한 우연이라고 할 수는 없을 것이다.

독서만 해도 그렇다. 그 속에서 진리든, 지식이든, 아름다움이든 그 무엇인가를 적극적으로 발견해 내려는 독자는 그 누구도 못 당하는 법이다. 그런 자세로 책을 보면 지은이가 의도한 것보다 더 큰 것을 발견할 수도 있다. 우리는 주위에서 스스로 자신의 멘토라고 생각하는 사람을 기리다 그보다 더 크게 된 사람을 보게 된다. 비록 쿤데라가 말한 존재의 가벼움과 내가 이해한 존재의 가벼움이 그 해석상 거리가 있고, 어느 편인가 하면 내 해석이 오독이라고 해도 나를 일으켜 세우는 데 그 말보다 더 큰 빛을 준 말은 달리 없었다.

몇 년 전 '마음산책'을 창업하면서도 이 말을 다시 떠올리게 되었다. 존재의 가벼움을 견딜 수 없다는 말은 개인으로 보면 자신의 존재가 제값을 못하고 있을 때 나온다. 그 무렵 나는 여러 해 직장 생활을 통해 나 자신도 의식치 못하는 갈증에 시달리고 있었다.

출판 공정 속에서 찾아드는 가장 큰 어려움은 사람들끼리의 소통이 쉽지 않다는 데서 온다. 소통이 잘 안 되므로 말이 많아지고 실수가 잦아지고 일의 진행이 잘 안 되고…….
나는 한때 출판에 대해 깊이 회의했었다. 지금이나 그 옛날이나 출판은 이재를 우선하는 사람에게는 매력적이지 못하고, 또 이름이 나는 일과도 거리가 멀다. 그런 가운데서도 사람들 사이에 오해는 또 오해대로 쌓여 크고 작은 피곤한 일들이 끊이지 않고 있었다.

그때 이 고명한 작가가 그윽한 음성으로 나에게 다시 속

삭여 주었다. 당신의 존재의 가벼움을 극복하라고. 나는 정면 돌파를 꿈꾸게 되었다. 이제껏 일이 잘 안 되면 저 핑계를, 일이 잘돼도 언제나 쓸쓸한 일만 남는다고 피해 의식에 젖어 있었는데, 이 모든 것을 다 끌어안고 가보면 어떨까 하는 적극적 생각을 갖게 된 것이다. 그런데 이는 모두 나 자신, 존재의 이유에 걸맞은 답변을 작성하고자 하는 열망에 다름 아니었다. 물론 지금도 그 열망뿐인 상태에서 별로 나아가지는 못했지만 걸음마는 떼놓은 데서 애써 의미를 찾으려 한다. 그리고 저 어두웠던 1980년대 후반 4×6판형 초판본 《참을 수 없는 존재의 가벼움》을 끼고 걷던 시절이 막막히 그리워지는 걸 보면 세월이 흐르긴 많이 흐른 모양이다.

✱ 정은숙 | '마음산책'이라는 출판사의 대표이자 시인입니다. 1992년 〈작가세계〉를 통해 등단하였으며, 시집으로 《비밀을 사랑한 이유》, 《나만의 것》이 있습니다. 출판 편집자로서 살아오면서 느끼고 경험한 이야기들을 담은 산문집 《편집자 분투기》도 출간하였습니다.

이런 건 네가 아니야

_고명인

나를 응시하는 또 하나의 나. 그래서 더욱 어길 수 없었던 그 '나'와의 약속. "내 속에 내가 너무나 많아……" 그래서 타인을 진심으로 자신의 내부로 초대할 수 없었다는 고백이 깃든 시인과 촌장의 이 노래를 나는 좋아한다. 그 '너무나 많은 나', 쉽사리 자신의 자리를 비워 줄 줄 모르는 이기심의 주체들이 자신 속에 있음을 정면으로 바라보고 인정할 줄 아는 '성찰의 자아'가 풍기는 성숙함이 아름답기 때문이다.

대학을 졸업하고 어느 대기업에 몸담았다가 1년 만에 그곳을 떠났다. 그러고는 많은 사람들이 선망하는 방송사의 아나운서로 뽑히는 행운을 누렸다. 얼마 지나지 않아 그 자리가 내게는 전혀 걸맞지 않는다는 사실을 깨달았다. 겉모습이나 목소리에 문제가 있었던 것은 결코 아니었다. 다만 카메라 앞에 선, 마이크 앞에 앉은 나의 모습을, 항상 또렷하게 정면으로 응시하고 있는 또 하나의 내가 끊임없이 속삭이는 말을 무시할 수 없었던 것이다.

'이런 건 네가 아니야. 진정으로 네가 원하는 무언가가 있어. 남들이 던지는 선망의 시선과 적다 할 수 없는 보수에 젖어 소중한 너의 시간을 낭비하지 마. 지금의 네 자리에 더 어울리는 사람들은 많아. 그들에게 어서 자리를 내줘. 넌 네가 가야 할 다른 길이 있잖아.'

사실 나는 두려웠다. 입속의 알사탕을 뱉기가 싫었다. 당장 현실의 쓴맛이 민감한 나의 미뢰(척추동물의 미각 기관)를 괴롭힐 게 뻔했다. 초등학교 시절, 집 장사를 하시던 아버지를 따라 허허벌판에 새로 지은 집으로 이사 갔던 날, 정전이 되어 달도 없는 여름밤 혼자서 양초를 사러 나갔던 논두렁길에서 느꼈던 무서움이 그런 것이었을까. 그때는 일부러 하늘만 쳐다보며 걸었지. 까만 하늘에 무수히 박힌 별들이 나를 당장이라도 곁으로 끌어올릴 것만 같았어. 그래도 그 별들 덕에 태연한 척 걸을 수 있었지.

그 별들처럼 나를 끌어당기는 남자를 만나 결혼을 했다. 그렇지만 삶의 여정은 양초를 사러 나선 동네 길처럼 짧을 것 같지 않았다. 또 하나의 나는 끊임없이 외치기 시작했다.

'왜 멈추는 거야. 주저앉지 마. 이런 건 네가 아니야. 여기서 주저앉는 건 게으름이 아니라 나를 배반하는 거야. 어서 길을 떠나. 더 이상 머뭇거리면 난 영원히 너를 떠날 거야.'

남편이 된 그 남자에게 털어놓았다. 다시 시작하고 싶다고. 그러니 아기며, 잘 다려진 셔츠며, 늘 준비되어 있는 알뜰한 밥상과 같이 남들이 다들 누리는 것이라고 해서 당연히 가져야 한다는 생각을 당분간 접으라고 했다. 그는 오히려 그런 것들을 자기가 마련해 주마고 했다.

입시 학원과, 의과대학과, 인턴 과정과, 전공의 과정. 모두 해서 12년의 세월이 거짓말처럼 흐르고 나는 어느새 산부인과 전문의가 되어 있다. 당장 그만두고 싶을 정도로 힘들 때가 한두 번이 아니었고 그럴 적마다 남편은 힘들어하는 내 모습을 곁에서 보기가 너무 괴롭다면서 정히 힘들면 지금이라도 그만두든지, 좀 쉬든지 하라고 했다. 나 또한 그럴까 하는 유혹을 이기기 어려울 때가 많았지만 여전히 형형한 눈빛으로 나를 응시하고 있을 또 하나의 나와 한 약속을 쉽사리 어길 수는 없었다.

사람들은 나를 대단한 의지를 지닌 독한 여자로 여긴다. 그러나 그건 나를 잘못 본 것이다. 여전히 유약하고 궁지에 몰리면 이럴까 저럴까 궁리가 많은 보통 사람에 지나지 않는다. 다만 내게는 결코 어길 수 없는 특별한 약속이 있다. 그 약속의 상대는 지금도 나를 정면으로 응시하며 속삭임을 멈추지 않는다. '훌륭했어. 그리고 고마워. 좋은 의사가 되겠다던 약속, 끝까지 지켜 주길 바란다.'

✽ 고명인 | 문화방송 아나운서로 활동했으며 사내 결혼 후 일을 그만두었습니다. 결혼 후 다시 공부를 시작해 스물여덟 살에 중앙대 의대에 들어갔으며, 서울 차병원 산부인과 과장을 거쳐 지금은 고명인 산부인과 원장으로 일하고 있습니다.

미래가 없는 남자는 용서할 수 없다

_조남규

고등학교 2학년 때 우연치 않게 교회에 나갔다가 한 선생님의 권유로 무용의 길로 접어들게 되었다. 열심히 노력한 결과 대학 시절에 대한민국 무용제에 출연하고 동아무용콩쿠르에서 입상하는 등 전문 공연 예술가로서 많은 무대 경험을 터득할 수 있었다. 분주하게 보낸 4년간의 대학 생활은 내게 노력을 통해 성취하는 작은 희열과 진리에 대한 끊임없는 추구를 깨닫게 해준 소중한 시간이었다.

졸업 후 국립국악원 무용단에 입단하여 다양한 전통 춤을 익히며 프로 무용수로서 의기양양하던 중, 1992년에 세종문화회관 산하 서울시립가무단 지도 위원으로 위촉되었다. 그

때 내 나이가 불과 스물아홉 살이었다. 나이에 비해 상당한 보수와 지위가 보장된 자리에 앉은 나는 차츰 무용보다는 행정과 기획 쪽의 실무에 몰두하게 되었다.

MBC 가족 뮤지컬 〈머털 도사〉, 국군의 날 특별 행사 〈환희〉 등의 안무와 〈지붕 위의 바이올린〉 등 각종 공연의 기획과 행정 실무를 총괄하면서, 나는 서울시립가무단을 세종문화회관 전속 단체 중 최고의 입장 수익을 올리는 단체로 만들었다.

상황이 이렇다 보니 나는 무용 외적인 것에 더 많은 시간을 할애할 수밖에 없었고, 몇 차례 기획 공연이 큰 성공을 거두면서 주위의 칭찬에 우쭐, 무용은 더욱더 뒷전이 되어 버렸다.

그러던 어느 날, 인터뷰 관계로 만난 후 친하게 지내 오던 한 기자가 내게 이런 말을 전해 주었다. "넌 춤꾼인데 이러다가 언제 니가 춤추는 모습을 다시 볼 수 있겠냐? 연극인들 사이에 '과거가 있는 남자는 용서할 수 있어도 미래가 없는 남자는 용서할 수 없다'는 유행어가 있어. 너도 너 자신을 한번 돌이켜 보기 바란다."

순간 망연자실한 나는 아무 말도 할 수가 없었다. 앞날에 대해 심각하게 고민해 보기 시작했고, 몇 달 후 세종문화회관에 사표를 제출했다. 그 뒤 오로지 무용 연습과 학업에만 전념하여 1997년에 박사 과정에 입학하였고 다음 해 3월에 두 번째 개인 발표회를 가졌다.

하지만 6년간의 공백은 엄청난 부담으로 작용하였다. 하루 다섯 시간 이상 연습을 계속했지만 그 공백을 극복하기란 쉬운 일이 아니었다. 공연 후 '힘이 부친다', '너무 딱딱하다'는 혹평을 듣고 힘들어할 때마다 그 친구는 "네 선택은 옳았어"라며 아낌없이 격려해 주었다.

이러한 격려 덕분에 나는 연습에 더욱 박차를 가할 수 있었고, 1998년 〈바람의 강〉의 주역 무용수로 활약, 제20회 서울국제무용제에서 대망의 연기상을 수상하였다. 이 무용제는 내 춤꾼 인생을 가늠할 마지막 기회였다. 아울러 다음 해 12월에는 논문이 통과되어 우리나라에 무용과가 설치된 이래 남자 무용수로서는 최초로 박사 학위를 받는 영광을 얻게 되었다.

이렇듯 내 인생에 결정적인 조언을 해준 친구는 바로 문화일보의 오승훈 기자이다. 지난 7월 제19회 국제 골든 카라고주 민속 무용 경연 대회에 한국 대표로 참가한 우리 무용단이 1등 상을 받았을 때 이 소식을 듣고 제일 기뻐해 준 이도 바로 오승훈 기자였다. 요즘도 어려운 일이 생길 때면 둘이서 소주잔을 기울이곤 한다.

✱ 조남규 | 한국 무용가입니다. 무용가로는 늦은 나이인 고등학교 2학년 때 무용을 시작했지만 한양대 무용과에 수석으로 입학했고, 동 대학에서 석·박사 학위를 받았습니다. 현재는 우리나라 최초의 부부 무용단인 조남규·송정은 무용단의 대표로 활동하고 있습니다.

어떤 것 없이 살 수 없을 때

_정길화

어떤 것 없이 살 수 없을 때 우리는 그 어떤 것에 중독되었다고 말한다. [……] 나는 내가 밥에 중독되어 있는 것 같다. [……] 나는 오늘도 밥을 사냥하기 위해서 영광스러운 일터로 나아간다. [……] 나는 밥에 취해서 산다. 명백한 중독.

– 정현종, 〈절망할 수 없는 것조차 절망하지 말고〉 중에서

왕년에 문학청년 아니었던 이가 없다고 하겠지만 나 또한 문학을 동경하며 시인을 꿈꾸던 시절이 있었다. 한때의 열병만이 아니라 나름대로 진지하던 때였다. 습작 노트의 줄

시를 들고 그것도 시랍시고 여기저기를 헤매어 다닌 것이
그 얼마였던가, 해마다 신춘문예 철이면 주택 복권 사는 심
정으로 기웃거리다 결국 낭패감에 사로잡혀 통음을 했던 것
은 또 무릇 얼마였던가. '문청' 시절의 그 기약 없음과 덧없
음은, 지금은 가지 못한 길에 대한 아쉬움으로 반추된다.

돌이켜 보면 무엇 때문에 그렇게 시를 추구했던 것일까.
그 시절 시는 내게 우리네 삶과 사물들에 대해 질서를 부여
하거나 또는 가차 없이 해체하는 주문 같은 것이었다. 일상
에 매몰된 군상들에게 기존의 권위를 뒤집고 때로는 이를
조롱하며 통쾌하게 풍자하는 쾌도였다.

그러던 어느 날 정현종 시인의 이 시를 보았다. 그때 나를
엄습한 충격……. 사람이 살아가는 것이 사실상 밥에 중독
되어 있는 것이라니. 마약 중독, 술 중독만 중독인가. 목구
멍이 중독이고 인생이 곧 중독이지. 삶의 관성 속에서 짐짓
모른 체하거나 혹은 인정하지 않으려 하는 위선을 적나라하
게 폭로해 주는 말이었다. 그로써 대안 없는 우리네 삶이 갖
는 적나라한 한계를 깨우쳐 주는 것이 아닌가.

"시 쓰기란 물질적·경제적 생산성에 중독되어 맹목적으
로 굴러가는 세상을 거스르는 몽상"임을 선언하고 이를 구

현하는 정현종 시인의 명징한 에스프리. 그것은 쳇바퀴 도는 일상에 사로잡힌 채 안일과 타협하려는 나 같은 이들을 난타하는 죽비와 같았다. 그리고 어설픈 문장 몇 줄로 감히 시인을 꿈꾸던 나에게 그것이 무모한 일임을 일깨운, 일찌감치 '주제 파악' 하라는 계고장이었다. 삶과 유리된 백일몽에서 나는 벗어나야 했다.

그 준열한 주제 파악 후 나는 문학청년의 객기를 졸업하고 생활인의 자세로 돌아왔다. 내 서가에서 시첩의 색이 이미 바랜 지 오래고 나의 독서는 성공과 처세를 부추기는 이른바 실용서의 덫에서 헤어나지 못한다.

그렇다고 출세한 것도 성공한 것도 아니다. 그리고 일상에 깊이 침윤한 채 중독의 삶을 살고 있다. 시인의 예언은 마침내 적중한 것이다. 오늘 나는 밥이 고프고 이제는 술이 고프다. 이 명백한 중독……. 벗어날 수 없는 악순환. 그는 적중했고 나는 불행하다.

✽ 정길화 | 문화방송 〈세상 사는 이야기〉, 〈인간 시대〉, 〈피디 수첩〉, 〈이제는 말할 수 있다〉 등을 연출해 온 다큐멘터리 PD입니다. 지은 책으로는 《거꾸로 선 세상에도 카메라는 돌아간다》, 《이제는 말할 수 있다》, 《3인 3색 중국기》(공저) 등이 있습니다. 지금은 문화방송 홍보심의국장으로 일하고 있습니다.

잘 가는 자 발자국이 없다

분별심이 원망이나 피해 의식으로 화하려는 순간마다 모든 것을 두루 적시며
비추는 노자의 구절들은 내게 고요한 거울의 몫을 해주었다.
"잘 가는 자 발자국이 없다." 특히 이 구절 앞에서는 펜을 한동안 멈추고
내가 걸어온 길을 돌아보게 되었다. 그러고는 나에게 도달한 모든 비참과
불행의 그림자가 그 어지러운 발자국들과 더불어 온 것임을 인정할 수밖에 없었다.

걸을 때는 걷는 생각만 하라

_박완서

어려서부터 넘어지길 잘했다. 넘어질 때는 온몸을 던져서 넘어지기 때문에 살갗이 까지거나 긁히는 정도가 아니라 찢어져서 피를 많이 흘리곤 했다. 요새 같으면 병원에 가서 꿰매야 할 만큼 깊은 상처 사이로 뼈가 보일 적도 있어서, 그럴 때는 너무 무서워 까무러칠 듯이 울어서 식구들을 놀라게 했다.

지금도 그때의 흉터가 몸 곳곳에 남아 있고 머리카락 속 두피에 남은 흉터는 내 눈에 잘 보이지 않는 대신 제일 먼저 거기서 흰 머리가 나더니 요새는 그 자리부터 탈모가 시작되고 있다.

집에는 늘 탈지면과 머큐로크롬이 준비되어 있었다. 그때는 다들 머큐로크롬을 '아까징기'라고 했는데 어머니는 그냥 '빨간 약'이라고 하면서 급할 때는 그걸 상처에 들어붓곤 했다. 피하고 빨간 약하고 섞여서 뭐가 뭔지 모르게 되면 피를 본 공포가 가라앉아 울음을 그쳤기 때문에 약을 안 아꼈던 것 같다.

어머니는 우선 울음을 멈추게 하고 나서는, 걸을 때는 걷는 생각만 하라는 똑같은 잔소리를 누누이 되풀이하시곤 했다.

그 말씀을 그리도 자주 들었건만 그게 무슨 뜻인지 몰랐었다. 건강한 사람이 걷는 건 숨 쉬는 것과 마찬가지로 절로 되는 것이지 내가 지금 오른발을 내놓아야지, 다음에는 왼발을 내놓아야지 하고 걷는 사람이 어디 있겠는가. 몇 발자국은 그럴 수도 있겠지만 곧 잡념이 생기게 된다. 반복적이고 기계적인 일을 지루하지 않게 할 수 있는 것은 딴생각을 하는 재미 때문인 것은 누구나 마찬가지일 것이다.

어른이 된 후에도 어려서처럼 자주 넘어지지는 않아도 넘어졌다 하면 어린애처럼 온몸으로 넘어졌다. 남부끄러울 정도로 심하게 넘어졌고 2층 계단 위에서 밑으로 곧장 굴러

떨어진 적도 두어 번 된다.

거의 안 넘어지게 된 것은 예순을 넘기고부터이다. 어머니 말씀을 알아듣게 되었기 때문일 것이다. 딴생각을 하더라도 너무 골똘하게 하지 않는다. 목적지에 빨리 가려고 허둥대지 않는다. 걷는 것 자체를 즐긴다. 그게 가장 중요하다. 두 다리가 멀쩡해서 걸을 수 있는 것을 감사한다. 될 수 있는 대로 많이 걷는다. 사는 데 있어서도 천천히 걷듯이 특별한 목적 없이 산다는 과정 자체를 즐기고 감사하려고 노력하고 있다.

사족 한마디. 예순을 넘고부터 안 넘어지게 됐다고 했는데 실은 3년 전에 넘어져서 생전 처음 골절상을 입은 적이 있다. 그러나 걷다가 길에서 넘어진 게 아니고 전화 소리 때문에 욕실에서 나오다 방바닥에서 미끄러진 게 그렇게 되고 말았다.

그때도 어머니의 말씀은 유용했다. 오른팔을 손목부터 어깨까지 깁스를 하고 있으니 처음에는 미칠 것 같았지만 곧 적응을 하면서 그동안을 즐기게 되었다. 왼손으로 밥 먹는 연습도 즐거웠고, 안 쓰던 일기를, 왼손으로 글씨 쓰는 연습

하는 재미에 매일 매일 장문의 일기를 쓰다 보니 일취월장,
오른손보다 더 반듯하게 글씨가 써지는 것도 보람 있는 경
험이었다.

❊ 박완서 | 1970년 〈여성동아〉 장편 소설 공모에 《나목》이 당선되면서 불혹의 나이로 문
단에 데뷔한 소설가입니다. 이후 특유의 신랄한 시선으로 인간의 내밀한 갈등의 기미를
포착하여 삶의 진상을 드러내는 작품 세계를 구축해 왔습니다. 《엄마의 말뚝》, 《그해 겨울
은 따뜻했네》, 《그대 아직도 꿈꾸고 있는가》, 《꿈엔들 잊힐리야》(원제 '미망'), 《그 많던 싱
아는 누가 다 먹었을까》 등 다수의 소설 작품과 《꼴찌에게 보내는 갈채》, 《두부》 등의 산
문집이 있습니다.

고진감래

_이우일

한창 만화책 《호메로스가 간다》 1권 작업에 매달려 하루가 어떻게 가는지도 모르고, 책상머리에 앉아 그림을 그릴 때의 일이다. 처음 그리는 장편이고 내용을 공부하며 그리느라 영 속도가 나지 않는 지루한 작업의 연속이었다. 그러던 어느 날, 오랜만에 소설가 김영하 씨가 술 한잔 하자고 전화를 했다. 잠시 후 우리는 항상 만나는 홍대 앞의 선술집에서 만났다. 그는 초췌하고 핏기 없는 내 모습을 보더니 말했다.

"와, 우일 씨 매일 매일 정말 열심히 그리고, 쓰나 보다. 얼굴이 말이 아닌걸? 열심히 해요! 고생 끝에 낙이 온다잖아!"

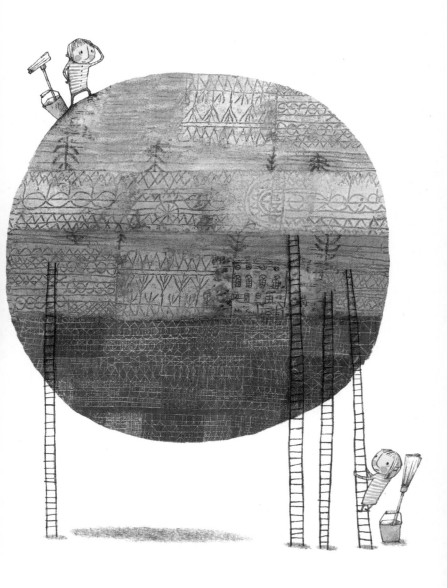

나는 믿을 수 없다는 투로 힘없이 반문했다.

"정말 낙이 올까요?"

"그럼! 소설가 조정래 씨 있잖아요. 그분도 《태백산맥》 쓸
때 책상머리에다 '고진감래(苦盡甘來)'라고 쓰고 대작을
완성하셨다잖아. 그거 우일 씨도 한번 해봐요. 나도 해봤는
데 효과가 좋아!"

햐~! 존경하는 그분도 그런 서민적인 문구를 앞에 적어
놓고 대작을 완성하셨구나! 그래, 나도 열심히 해보는 거
야! 그 정도 고생도 없이 무슨 뜻을 이루겠어! 나는 뜻하지
않던 용기를 얻고 술에 취해 비틀거리며 집으로 돌아왔다.
그리고 책상에 앉아 포스트잇에다가 '고진감래'라고 적어
작업대 앞에 붙여 놓았다.

"흠, 이제 뭔가 될 것 같은걸?"

얼마 후 나는 또 다른 소설가에게 색다른 이야기를 들었다.

"우일 씨, 저는요. 회사원처럼 글을 쓰려고 해요. 소설가
가 회사원이 매일 출근해 일하듯 매일 매일 열심히 글을 쓰
면 얼마나 많은 작업을 할 수 있겠어요. 그만큼 좋은 글이
나올 확률도 높아지고요."

소설가 박민규 씨의 말이다. 김영하 씨에게 들은 이야기

와 크게 다르지 않았다. 열심히 매일 매일 정진하면 언젠가 뜻을 이루리라는 것이다.

뭔가를 창조하는 직업을 가진 사람은 특출한 천재성을 가지고 있다고 생각하기 쉽다. 창조적인 생각이라면 김영하 씨나 박민규 씨, 둘 다 어디 가서 빠지지 않는 사람들이다. 그런데 그런 그들이 내게 같은 조언을 해주었다. 성실하게 하루하루를 노력하다 보면 언젠가 낙이 올 것이라는.

하지만 돌아오는 낙이란 과연 무엇일까? 그것이 무엇인지는 사람마다 틀리겠지만, 그 내용에 상관없이 그렇게 노력하며 땀 흘리는 동안 행복했다고, 그것이 바로 내가 원하던 것이었다고 자랑스럽게 이야기할 수 있지 않을까? 어쩌면 우리는 그것을 위해 인생을 살고 있을지도 모른다.

✽ 이우일 | 자유분방한 상상력, 재기발랄한 그림으로 독자의 사랑을 받아 온 만화가입니다. 홍익대에서 시각디자인을 전공했으며, 졸업 후 직장 생활을 하고 프리랜서로 독립해 지금까지 일러스트레이션과 만화를 그리고 있습니다. 그동안 쓰고 그린 만화와 일러스트레이션이 들어 있는 책으로는 《도널드 닭》, 《아빠와 나》, 《노빈손 시리즈》, 《호메로스가 간다》, 《김영하 이우일의 영화 이야기》, 《러브북》, 《현태준 이우일의 도쿄 여행기》, 《옥수수 빵파랑》 등이 있습니다.

선악이 모두 나의 스승이다

_한승헌

"선과 악이 모두 나의 스승이다(善惡皆吾師)."

나는 《논어》에 나오는 이 말씀을 한문 아닌 우리말로 풀
어서 어느 해의 연하장에 쓴 적이 있다. 위인이나 선한 사
람에게서는 말할 것도 없고, 악인이나 죄인에게서도 배울
바가 있다는 뜻이다. 반면교사라는 말도 그래서 생겼을 것
이다.

변호사라는 직업은 인생의 양지보다는 음지를 더 탐사한
다. 욕망, 시비, 대립, 증오, 보복…… 헤아릴 수 없는 부정
적 요소가 법창에 뜨고 진다.

굳이 변호사나 판사, 검사가 아니더라도 우리의 일상 주

변에서 그런 일들은 누구나 흔하게 보고 듣고 체험하는 것이다.

그런 경우 사람들은 남의 악(이라고 생각되는 것)을 흉보거나 비난하기 일쑤다. 그리고 자신은 그와 다른 선한 부류의 인간인 양 가장하거나 착각한다. 그뿐인가, 더러는 선을 본받아 행하기보다는 악의 편으로 기울기도 한다.

무릇 인간사는 그렇게 단순한 것이 아니다. 선악이나 행불행을 가르는 기준 자체가 문제일 수도 있다. 사물엔 양면성도 있기 마련이다. 일반적으로 악이라고 하는 것이 정말로 악인가 하는 의문에서부터 그런 요소에 담겨 있는 어떤 의미와 교훈을 놓치지 말아야 한다.

행불행에 대해서도 마찬가지다. 아픈 사람을 보고 자신의 건강 수칙을 깨닫고, 실패한 사람을 통해서 그런 전철을 밟지 않는 방법을 알게 되듯이, 악의 자취에서 선으로 가는 길을 찾아내자는 말이다.

"선과 악이 모두 나의 스승"이라는 말씀 앞뒤에는 이런 말이 접속되어 있다.

"다른 사람의 선을 보았을 때에는 그것을 본받아 자기의 선으로 만들고, 다른 사람에게서 본 악이 자기에게도 있거든 이를 용감하게 버려야 한다."

나의 악을 버리고 남의 선을 따르는 일이야말로 인간의 인간다운 길이 아니겠는가. 《소학》의 "향선배악(向善背惡)"이나 《율곡집》에 나오는 "견선필행(見善必行)"이라는 가르침도 언뜻 보기에 당연하고 평범한 것 같지만 그 실천은 얼마나 어려운가?

하물며 세상의 저울이나 법의 눈으로 보아서 악인이나 죄인으로 낙인찍힌 사람이 반드시 악하거나 죄를 지었다고 어떻게 단정할 수 있겠는가?

악의나 오판 또는 세계관의 차이에서 빚어지는 선과 악 또는 의(義)와 불의의 뒤집힘까지를 생각한다면 우리 인간의 분별과 본받음에는 참으로 많은 어려움이 따른다는 것을 알 수가 있다. 그러나 일단 옳다고 판단이 되면 반드시 그를 행하는 실천력 내지 결단이 따라야 한다.

성서는 이렇게 가르치고 있다.

여러분이 선한 일에 열성을 낸다면 누가 여러분을 해치겠습니까. 그러나 만일 여러분이 옳은 일을 하다가 고난을 받는다 해도 여러분은 행복합니다. 사람들이 여러분을 협박하더라도 무서워하거나 흔들리지 마십시오."

— 베드로의 첫째 편지 3장 13~14절

✽ 한승헌 | 법으로 법에 저항해 온 인권 변호사입니다. 독재 권력에 의해 핍박받는 양심수들의 변호에 힘을 기울였고, 자신도 두 번에 걸쳐 감옥살이를 했습니다. 국제앰네스티 한국위원회 전무 이사, 민주회복국민회의 중앙 위원, 한국기독교교회협의회 인권 위원 등의 직분을 맡아 민주화 운동에 참여했습니다. 현재는 법무법인 '광장' 고문 변호사이며 한국외국어대 이사장입니다. 《위장 시대의 증언》, 《내릴 수 없는 깃발을 위하여》, 《산민객담》 등 스무 권의 저서가 있습니다.

겨자씨 한 알의 믿음만 있으면

_박기태

외국인에게 한국을 일방적으로 선전하는 일은 별로 어렵지
않다. 그러나 그 친구가 한국을 진심으로 이해하고 사랑하도
록 하려면 무한한 정성이 필요하다.

많은 사람들은 반크VANK가 외국의 유명 교과서, 세계 지
도, 외신을 상대로 왜곡된 한국을 시정시킨 사례를 높이 평
가한다. 그러나 나는 반크가 외국 청소년들과 소박하게 펜팔
로 교류하며 친밀한 우정으로 한국을 알려 나가는 일을 더
높이 평가한다.

내가 이런 생각을 갖게 된 것은 모든 씨앗 중에서 가장 작
은 겨자씨가 자라면 큰 나무가 되고, 그 나무에 새까지 와서

휴식을 취한다는 성서 구절을 접한 뒤부터이다. 반크의 출발도 겨자씨처럼 소박했다.

군 제대 후 대학에 복학한 나는 영어를 배우기 위해 외국 젊은이들과 이메일 펜팔을 시작했다. 무작정 미국, 유럽 대학의 아시아 관련 학과 웹사이트 게시판에 영어 소개서를 띄웠다. "나는 월드컵이 열리는 한국의 젊은이다. 한국에 관심 있는 친구들과 사귀고 싶다."

하루에 수십 통의 이메일이 쏟아졌다. 그런데 예상치 못한 걱정거리가 생겼다. 동해를 일본해로 표기한 지도를 보내 주며 "한국의 위치를 가르쳐 달라"는 친구가 있는가 하면 "한국은 중국의 지배를 받았으니 중국인들과 피가 섞였느냐"는 질문도 있었다.

비로소 나는 외국인들이 보는 세계 지도에는 동해가 일본해로 되어 있으며 그들이 접하는 교과서와 웹사이트에 한국이 중국 식민지로 소개되어 있다는 사실을 알게 됐다. 동해는 한국에서만 사용되는 말이고 광개토 대왕, 장보고, 왕건 등도 '한국만의 역사'였다는 사실은 충격적이었다. 그때 이후로 나의 삶은 외국인 친구들에게 한국을 바로 알리기 위한 시간들로 전환되었다. 반크의 겨자씨는 그렇게 싹텄다.

순수 민간 차원에서 반크라는 단체를 7년간 꾸려 오는 동안 사실 어려움이 많았다. 하지만 자국 교과서의 일본해 표기를 동해로 바꿔 달라고 출판사에 편지를 보내는 해외 친구들을 접할 때의 그 기쁨을 어디에 견주겠는가. 또 한국에서 외교관으로 활동하고 싶다며 외교관 시험을 준비하는 외국 친구들의 얘기를 들을 때의 감격은 뭐라 표현하겠는가.

펜팔을 통해 오랫동안 신뢰로 다져진 외국 친구들은 누가 시키지 않아도 자신과 가족, 친척 등 그 나라의 다른 사람들에게 한국을 제대로 알리는 전도사가 되어 가고 있다. 언젠가는 그 친구들을 통해 전 세계 60억 사람들이 모두 한국을 사랑하게 될 것이다.

나는 겨자씨 한 알의 믿음만 있으면 태산도 옮길 수 있다는 말을 믿기 때문이다.

✽ 박기태 | 이메일을 통해 한국을 세계에 알리는 사이버 민간외교사절단 반크(Voluntary Agency Network of Korea)의 단장입니다. 단 한 명에서 출발한 반크는 오늘날 1만 5천여 명의 회원을 거느린 나무로 성장했습니다.

애들아, 더 먹고 싶을 때 그만둬라

_김성훈

한국 전쟁 직후 초등학교 다닐 때였다. 우리 집은 7남매를 포함해 사촌 형제(4남매)까지 아이들만 열한 명이나 되는 대가족을 이루며 살았다. 입에 풀칠하기에 급급한 참 어려운 시절이었다. 고구마를 한 소쿠리 쪄서 내놓으면 우르르 덤벼들어 눈 깜짝할 사이에 먹어 치워 바구니가 텅 비었고, 제때 챙겨 먹지 못한 식구들은 배를 곯아야 했다. 한편에선 급히 먹느라 채 씹지 못하고 넘긴 고구마에 목이 메어 곤욕을 치르는 소동이 벌어지기도 했다. 그때마다 어머니께서는 "애들아, 더 먹고 싶을 때 그만둬야 한다"고 타이르시곤 했다.

전란이 끝날 무렵 세계 각국에서 우윳가루, 밀가루, 설탕
이 쏟아져 들어와 주린 배를 채우려 허겁지겁 먹다가 체하
거나 배탈이 나는 경우도 다반사였다. 그럴 때도 어머니는
"얘들아, 더 먹고 싶을 때 그만둬야 한다"고 말씀하셨다.

어머니의 말씀이 주술이 됐는지 어른이 되고서도 부지불
식간에 소식(小食)주의자가 되어 살아왔다. 주변 사람들이
어떻게 그렇게 적게 먹고서 그렇게 많은 일을 할 수 있느냐
고 물어 올 때는 마땅히 대답할 말을 찾지 못했다. 더 먹고
싶을 때 그만두라는 말이 비단 먹는 문제에만 해당하는 것
인가. 남을 생각하고 함께 나누는 삶치고, 자신의 욕구를 억
제하는 데서부터 시작하지 않는 경우가 있겠는가? 넉넉해
서 돕는 자선과 모자라지만 함께 나누는 정성은 하늘과 땅
차이인 것을.

벼슬자리에 올랐을 때라든지, 무슨 자리, 무슨 감투를 쓰
게 됐을 때에도 "더 먹고(하고) 싶을 때 그만두라"는 가르침
이 얼마나 값지고 소중한지 모른다. 그렇기 때문에 어떤 책
임(자리)을 맡았을 때 미리 그만두어야 할 때를 생각하고 매
일 매일 마음을 단도리해야 한다. 어차피 인생이란 왔다가
가는 것, 감투란 것도 임시로 맡아 관리하는 것, 더 하고 싶

을 때 물러서는 결단이 필요하기 때문이다.

이 진리는 정치 분야건, 권력 분야건, 크고 작은 사회 · 직장의 감투이건 모두 마찬가지이다. 모름지기 이 자리가 나의 영원한 소유물이 아니라는 사실을 깨달아야 올곧고 깨끗한 처신을 할 수 있는 것이다. 감투 자리를 내놓게 됐을 때 징징거리고 섭섭해하거나 남의 탓, 백 없는 탓 하면서 억울해하는 사람들의 경우, 그만둘 때를 알지 못하기 때문이다. 그만두고 떠나는 자리에 향기를 남기지 못할망정 구린내를 풀풀 풍겨서야 될 말인가.

지난봄, 나는 오랫동안 몸담아 온 대학교에서 정년 퇴임하였다. 나름대로 이모작 인생을 준비해 오던 터라, 아쉽지만 홀가분한 마음으로 제2인생 5개년 계획을 세워 놓고 있었다. 교직에 입문한 지 만 40년, 여한도 별로 없었다. 지난 인생살이 동안 많은 사람들로부터 유형 · 무형의 도움과 은혜를 입었기 때문에 조금이나마 여기에 보답하고 환원하면서 살고 싶었다.

그런데 뜻밖에 상지대학교 총장으로 일하게 되었다. 나는 이 일이 사회에 봉사하는 내 생애 마지막 큰일거리라고 생각하고 흔쾌히 수락하였다. 차마 드러내 놓고 말하기 부끄럽지만 더 먹고 싶을 때 그만둘 마음의 준비가 매사 모든 업무에 두고 해당한다고 다짐해 본다. 특히 자기 자신의 크고 작은 일부터 이 소박한 철학을 엄격히 적용해야 한다고 생각한다.

✻ 김성훈 | 산업경제학을 전공한 학자이자 한국의 농업을 지키기 위해 애써 온 시민 운동가입니다. 농림부 장관을 역임한 바 있으며 현재 경실련 공동 대표, 우리 민족 서로 돕기 운동본부 공동 대표로도 활동하고 있습니다. 올봄 중앙대 교수로 재직하다 정년 퇴임한 뒤 곧바로 상지대 총장으로 일하고 있습니다.

공부는 평생 하는 거야

_최홍규

들끓는 부정(父情)이라고 놀림을 받을 만큼 애들 교육 문제에 적극적이던 나는, 큰아이가 대학에 입학하고 둘째가 입시를 얼마 앞둔 시기에 아이들을 교육시키는 내 방법에 문제가 있다는 사실을 깨닫게 되었다. 감수성이 예민한 나이에 입시에 대한 부담도 적지 않았던 데다가 형을 따라 별로 원하지도 않던 유학을 가게 되었던 둘째는 나의 방식에 대해서 늘 불만을 가지고 있었다. 그때마다 아버지의 권위를 앞세워 가라앉히곤 했지만 근본적인 해결책은 아니었다.

그날도 개성이 강하고 자기 표현을 잘하는 둘째와 심한 논쟁을 벌이고 난 뒤 흥분이 채 가라앉지 않은 상태에서 선

배를 만났다. 그 선배는

항상 풀기 어려운 문제가 생길 때

마다 나에게 큰 도움을 주는 해결사 같은 존재였다. 하지만

애들 문제만큼은 그 선배와 의논할 수가 없었다. 두 자녀가

모두 불치병을 앓고 있는 선배에게 차마 그런 얘기를 꺼낼

수는 없었던 것이다.

그러나 워낙 상대를 꿰뚫어 보는 눈을 가진 선배는 그날도 내가 애들과 어떤 문제가 있다는 사실을 눈치 채고 먼저 물어 왔다. 입시를 얼마 앞두지 않은 학생이 공부는 제쳐 놓고 늦은 귀가를 일삼는다는 등 내가 여러 가지 푸념을 늘어놓자 선배는 아주 한심하다는 어조로, 당신은 공부를 많이 하고 잘해서 최가 철물점을 열고 박물관을 운영하냐고, 수학 공식이나 영어 단어가 뭐 그리 중요하냐고 말했다. "공부는 평생하는 것"이라는 선배의 말이 순간 가슴에 와서 박혔다.

아주 어렵게 살던 어린 시절, 나는 먹고살기 급급한 나머지 자식들에게 무관심했던 아버지의 모습이 원망스러웠고, 공부를 끝까지 하지 못한 것이 큰 아쉬움으로 남았다. 이런 아빠의 콤플렉스에 보상 심리까지 더해져 원하지도 않는 피아노 과외며 이 세상 아이들이 하는 거라면 모두 다 시키고 싶었다. 그래야만 세상을 다 얻을 수 있다는 착각 속에 10여 년을 살았다. 무엇이 애들을 위한 것이고, 무엇이 애들 적성에 맞는가는 두 번째였다.

하지만 선배의 말대로 내가 치렀던 숱한 수업료들은 학교에 낸 것이 아니었다. 내가 원하는 것이 무엇이고 내가 해야할 일이 무엇인가는 숱한 시행착오 속에서 몸으로 부딪혀서 배워 왔던 것들이었다. 내가 가진 부족함들은 걸림돌이 되기는커녕 되려 살아가는 데 적지 않은 힘으로 작용했다.

스무 살 무렵 무작정 일을 배우러 찾아갔던 철물점에서 시작된 철과의 인연. 철물점에서 일한다는 것이 부끄러워 제대로 말하지 못했던 시절도 있었지만, 철의 매력에 빠져 살다 보니 그 분야의 전문가로 인정받게 되었다. 물론 좋은 시절만 있었던 것은 아니었다. 내가 가지지 못한 것을 바라기도 했고, 실패와 좌절의 순간도 있었다. 하지만 나는 다시 태어나도 이 일을 하고 싶을 만큼 내 일을 사랑한다.

그날 이후 둘째 아이와 마주 앉아 진지한 대화를 나눴다. 예전과 달라진 아버지의 모습에 아들도 마음을 열고 나를 대해 주었다. 그 뒤 시간이 흘러서 미대를 목표로 열심히 그림을 그리고 있는 아들의 화실을 찾아갔을 때 나는 내 눈을 의심하지 않을 수 없었다. 둘째가 만든 작품을 보는 순간 나의 고집으로 진정한 예술가 하나를 잃을 뻔했다는 생각이 들었던 것이다. 그렇다. 자식을 통해서 나는 또 좋은 공부를 한 셈이었다.

쉰을 바라보는 나이. 내 진짜 공부는 이제부터가 시작인지도 모른다는 생각이 든다. 지금까지는 앞만 보고 달려왔지만, 이젠 정말로 나와 내 주변을 돌아볼 여유가 생겼기 때문이다. 아직 내겐 꿈이 많다. 대장간 학교도 열어야 하고, 현실과 괴리된 금속 공예가 아니라 실생활 속의 철물을 만들기 위해서 해야 할 일도 많다. 그러면서 나의 세계는 더 넓고 깊어질 것이다. 공부는 평생 하는 거니까.

✻ 최홍규 | 우리나라에서 처음으로 철물에 디자인을 도입해 생활 용품을 만든 제1호 철물 디자이너입니다. 최가 철물점을 운영 중이며, 2003년에는 개인적으로 수집해 온 자물쇠와 철기 등을 모아 쇳대박물관을 개관하였습니다. 부인 김경애 씨와의 사이에 진현, 진범 두 아들을 두고 있습니다.

잘 가는 자 발자국이 없다

_나희덕

몇 해 전 연둣빛 스프링 노트에 노자의 《도덕경》을 베낀 적이 있다. 숨죽여 무언가를 쓰는 것, 그 무릎 꿇음만이 사납던 삶의 갈기를 가라앉힐 수 있다고 여겼던 것일까. 분별심이 원망이나 피해 의식으로 화하려는 순간마다 모든 것을 두루 적시고 비추는 노자의 구절들은 내게 고요한 거울의 몫을 해주었다.

"잘 가는 자 발자국이 없다." 특히 이 구절 앞에서는 펜을 한동안 멈추고 내가 걸어온 길을 돌아보게 되었다. 그러고는 나에게 도달한 모든 비참과 불행의 그림자가 그 어지러운 발자국들과 더불어 온 것임을 인정할 수밖에 없었다. 물론 이 구절은 도덕적 완전성을 주문하고 있는 게 아니라, 배제와 억압을 만들어 내는 일정한 척도를 버리라는 의미일 것이다.

이처럼 《도덕경》은 대상으로부터의 자유가 아니라 대상을 바라보는 마음으로부터의 자유를 말한다. "잘 닫는 자 빗장을 쓰지 않아서 열지 못한다. 잘 묶는 자 밧줄을 쓰지 않아서 풀지 못한다"는 구절을 읽으면서, 나는 그동안 나를 묶고 있었던 것이 외부의 힘이 아니라 무언가를 잃지 않으려고 지레 쳐둔 빗장과 밧줄이었음을 깨달았다.

그런 빗장을 걷어 내는 것을 노자는 '물려받은 밝음(襲明)'이라고 부르고 있다. 또는 '밝음을 이어 간다'고도 풀 수 있겠다. 내 안에서 어둠과 빛의 경계가 서로 넘나들기 시작한 것도 이 무렵이었던 것 같다.

✱ 나희덕 | 시인입니다. 1989년 중앙일보 신춘문예로 등단하였으며, 시집으로 《뿌리에게》, 《그 말이 잎을 물들였다》, 《그곳이 멀지 않다》, 《어두워진다는 것》, 《사라진 손바닥》 등이 있습니다. 김수영문학상, 현대문학상, 이산문학상 등을 수상했으며, 광주에서 살면서 조선대 문예창작학과에서 학생들을 가르치고 있습니다.

3년을 3분처럼

_장사익

사람들에게 행복하게 사는 길이 무어냐고 묻는다면, 대부분
은 자기가 하고 싶은, 꿈꾸었던 일을 직업으로 하며 사는 것
이라고 답하지 않을까.

나는 지금 노래를 부르며 살고 있다. 나는 수많은 세상 일
들 가운데서도 가장 신나는 일을 하며 살고 있고, 앞으로도
노래하는 사람으로 기억될 것이다. 그리고 내가 세상을 떠
난 후에도 내 노래는 오래도록 남아 있을 것이다. 얼마나 행
복한 일인가? 하지만 그건 10여 년 전만 해도 언감생심 꿈
도 꿀 수 없던 일이었다.

1970년 6월의 뙤약볕 속에서 나는 어렵고 힘든 훈련병 시

절을 보냈다. 정말 하늘과 땅이 바뀐 듯 연일 계속되는 고된 훈련은 무척이나 견디기 어려웠다. 바깥 사회의 즐거웠던 기억과 추억들이 영화처럼 스쳐 지나가고, 앞으로 견뎌야 할 군 생활 3년은 도저히 견뎌 낼 자신이 없는 큰 산처럼 막막했다. 그래서 이런저런 엉뚱한 맘을 먹고 일을 저질러 볼까도 생각했다.

그때 훈련소 교관 한 분의 말씀이 화살처럼 내 가슴에 와 닿았다.

"우리 인생 60년을 시계의 60분, 즉 1시간으로 보자. 그러면 군 생활 3년은 3분이 된다. 이 3분을 최선을 다하여 열심히 지낸다면 여러분은 자랑스러운 대한민국의 남자가 되지만, 그렇지 않으면 인생의 낙오자가 될 것이다!"

그 말 덕분에 나는 훈련병 생활을 무사히 마칠 수 있었고 3년여의 군 생활도 무사히 마쳤다.

제대 후 꿈도 많고 낭만도 많았던 나는 많은 직장을 전전하면서 살았다. 내 나름대로는 최선을 다해 열심히 한다고 했지만 모든 것이 부족한 듯 하는 일마다 잘 풀리지 않았다. 당연히 역경과 고통의 날들이 많아졌고 갈수록 내 인생은 초라해져만 갔다.

그러던 중 한 해를 마무리하는 1992년 12월의 마지막 날에 갑자기 이런 생각을 하게 되었다. '내가 이 세상에 나온 이유가 분명히 있을 텐데 지금의 내 모습은 어떠한가. 지금까지 나는 제대로 살아왔는가?' 노력해야 할 때 자만하며 나태했었고 적당히 세상과 타협하며 살아오지는 않았던가? 그래! 앞으로 남은 내 인생, 진정으로 하고 싶은 일을 제대로 한번 해보자!

1993년 1월 1일부터 그 당시 주위에서 눈여겨보지 않았던 국악기 태평소를 혼신의 노력으로 불면서 지냈다. 그러다 보니 덩달아 이곳저곳에서 상도 받게 되었고 잊고 있던 노래들이 조금씩 되살아나기 시작했다. 결국 여러 좋은 인연 덕에 등 떠밀려 어릴 적부터 꿈꿔 왔던 노래의 길을 우연히 찾게 된 것이다.

빙 돌아왔던 시간들, 그 시간들이 비록 내 인생의 참 밭이지만 그래도 좋은 시절 허송한 것이 너무나 아쉽고 안타까울 뿐이다.

60분 속의 3분은 숫자로 보면 아주 미미하다. 그러나 열심히 산 그 3분 덕에 나의 멋진 인생은 시작되었던 것이다. 군 생활도 그렇고 노래 길도 그러했다. 오늘도 우리는 매일 같이 새로운 시간을 부여받는다. 이 시간을 허송하지 않으며 최선을 다해 사는 일이야말로 행복한 삶의 지름길이 아닐까?

✽ 장사익 | 국악, 대중가요, 재즈까지 포용하는 퓨전 음악을 추구하며 유연하고 감칠맛 나게 가슴을 파고드는 특유의 목소리로 폭넓은 대중적 인기를 얻고 있는 소리꾼입니다. 〈하늘 가는 길〉, 〈기침〉, 〈허허바다〉, 〈꿈꾸는 세상〉 등의 음반을 냈습니다.

누구를 위한 사진인가

_최민식

일본으로 밀항해서 공부를 하던 1956년 도쿄의 헌책방에서
우연히 발견한 한 권의 사진집 《인간 가족 *The Family of
Human*》으로 나의 사진 인생은 시작되었다. 이 책을 발견
한 순간 나는 아주 오래전부터 기다리고 있던 소식을 접한
것처럼 그 속으로 빨려 들어갔고, 그 생명력에 감동, 사진을
시작했다.

　사진. 그것은 나를 인간으로 살아 움직이게 만든 원천이
었다. 내 목표와 가치와 개인적인 발전을 사진으로 표현하
는 일은 내게 많은 도움이 되었다. 지금 일흔여덟의 나이에
도 나는 예술적인 기분에 심취해 카메라를 들고 밖으로 나

갈 수 있다.

나는 나 자신이 드러내고자 하는 것이 마음에 든다. 기꺼이 모험을 감수하려는 의지, 진지함에 대한 존중, 삶에 대한 관심, 삶이 언제나 모험과도 같다는 확신…… 이것이 바로 나 자신의 인생이며 내가 갈 길이라고 생각해 왔다.

하지만 사진가의 길을 가면서 의식주를 해결하기란 쉬운 일이 아니었다. 더구나 박정희 군사 독재하에서 창작과 표현의 자유는 없었다. 권력자는 내가 활동할 수 있는 기회는 모두 봉쇄해 버렸다.

쌀 사놓으면 연탄 떨어지고 연탄 들여놓으면 쌀 떨어지며, 양쪽 다 들여놓으면 필름 값이 없어서 촬영을 할 수 없었다. 그때 나는 끝없는 좌절과 회의의 늪에 빠져 허우적거렸다.

바로 그 무렵 나에게 구원의 손길을 뻗친 사람이 왜관 성 베네딕도 수도회의 임 세바스찬 신부였다. 그는 현실 비판으로서 나의 사진이 지금 우리에게 절실하게 필요하다고 강조하였다. 임 신부는 《인간》 4~8집을 도맡아 출판해 주었을 뿐 아니라, 그중 6, 7권이 판금당했음에도 나에 대한 경제적 지원을 아끼지 않았다.

한 달 동안 열심히 찍은 사진을 월말에 보일 때마다 임 신부는 "사진에 메시지가 있어요. 고생 많이 했어요"라며 나를 격려했다. 그 한마디면 그동안 수모와 박해로 받았던 피로가 말끔히 씻겨 나갔다.

그로 인해서 나는 사진가의 길을 계속 걸어올 수 있었고, "누구를 위한 사진인가"라는 나의 화두를 지켜 올 수 있었다. 그랬다. 내가 평생을 두고 표현하고자 했던 단 하나의 주제는 '인간'이었다.

나의 사진 전체에 관철된 휴머니즘적 리얼리즘은 민중의 삶에 대한 애정에서 비롯된다. 짓밟힌 꽃에서 풍겨 나오는 향기가 더 진하게 느껴지는 것처럼 '인간'이라는 제목으로 12집까지 묶여 나온 나의 사진집 속의 인간 군상들에서는 가슴 저미는 삶의 향기가 묻어난다.

지난 삶을 돌아보면 내 인생에는 고통과 영광이 함께 있었다. 그리고 모든 순간 사진은 나와 함께했다. 나의 작품 하나하나가 나의 인생을 대변해 준다. 나의 사진은 그 힘을 이 땅의 가난하고 힘없는 사람들과 그들의 삶에서 얻었다. 진리, 양심, 아름다움 등이 민중을 담은 사진의 고귀한 원천이 되는 것이다.

사진가는 한순간도 잊지 말고 자신에게 되물어야 한다. "누구를 위한 사진인가?"를. 나 역시도 평생을 되물어 온 질문이다.

✻ 최민식 | 수십 년간 한결같이 소외된 사람들의 모습만을 카메라 앵글에 담아 온 사진가입니다. 기념비적인 사진집 《인간》 시리즈 열두 권을 펴냈고, 《종이거울 속의 슬픈 얼굴》, 《리얼리즘 사진의 사상》 등의 많은 저서를 출간했습니다. 최근에는 여성이라는 주제에 천착하여 사진집 《우먼》을 펴내기도 했습니다. 국내보다 외국에서 작품성을 인정받은 그는 영국 《사진연감》에 사진이 수록되고 '스타 사진가'로 선정된 바 있습니다.

길은 언제나 어디에나 있다

_황정민

광화문을 지날 때마다 자꾸 뒤를 돌아보게 된다. 어느 건물에 내걸린 플래카드 때문이다. 정확하게는 그 위에 적힌 짤막한 글귀 하나를 보려는 것이다. 때로는 불경의 한 구절이, 가끔은 시구가, 어떤 때는 명언이 실린다. 얼마 전에 만난 이 구절도 어김없이 마음을 친다. "바람에게도 길은 있다. 나는 비로소 나의 길을 가느니. 길은 언제나 어디에나 있다."

길은 어디에나 있다. 아니, 너무 많아서 탈이다. 지나쳐도 모자라도 힘들기는 마찬가지인 법, 갈래가 늘어나니 선택이 더 힘들다. 경우의 수를 따져 보고, 그때마다 벌어질 수 있는 상황을 상상해 보고, 어떤 대안이 있는지 계산하고, 다시

점검해도 잘 선택한 길인지 의심스럽다. 고민 끝에 길을 정하고 난 뒤에도 고개는 자꾸 가지 않은 길 쪽으로 돌아간다. 유난히 우유부단한 건지, 다들 그렇게 사는지.

선택한 길이 다만 얼마라도 울퉁불퉁하면 후회는 곱빼기가 된다. 운수 나쁘게 진창을 만나면 이쪽으로 방향을 잡은 발등에 중벌을 내리고 싶어질 지경이다. 자책감에 시달리는 터에 '어쩌다가' 운운하는 참견이라도 듣게 되면 견딜 수 없는 심정이 된다. 그때부터 길은 더 멀고 험해진다.

이럴 땐 차라리 눈을 감고 가는 게 낫다. 여기저기 시선만 빼앗기지 않아도 한결 걷기가 수월하기 때문이다. 그렇게 걷노라면 길에 발이 익어서 험하니 순하니 따지지 않게 된다. 되돌아갔던들 이만큼 편했을까 싶은 때도 있게 마련이고. 감은 눈 앞이 깜깜하고 지루하면 다짐하듯 읊어 본다.

"바람에게도 길은 있다. 나는 비로소 나의 길을 가느니. 길은 언제나 어디에나 있다."

✳ 황정민 | 한국방송 아나운서로, 5년이 넘게 아침 라디오 프로그램을 진행하면서 사람들의 아침을 행복하게 하는 일을 하고 있다. 〈좋은 나라 운동본부〉, 〈황정민의 FM대행진〉 등의 프로그램을 진행하고 있으며, 2003년에는 한국방송대상 아나운서상을 수상하기도 했습니다.

열정은 불가능을 가능하게 한다

_이금룡

내 인생을 바꾼 운명적인 한마디의 말은 무슨 거창한 설교나 화려한 충고가 아니라 지극히 평범한 말 한마디였다. 가슴속에 있던 그 한마디의 말을 떠올리면서 나는 서서히 변화하게 되었던 것 같다. 인생의 묘미는 어려움을 극복하는 데 있다고 생각한다. 누구에게든 어려움은 찾아오기 마련이다. 하지만 그 상황을 어떻게 벗어났는지를 살펴보면 하나의 공통점을 발견할 수 있다. 그것은 바로 그 일에 대한 '열정'이다.

몇 년 전 일이지만, 옥션이 코스닥 등록에 실패하고 코스닥위원회에서 2주일간 유예 기간을 줬을 때가 내 인생에서 가장 어려웠던 시절이었다. 당시 회사 매출이 30억 원에 34억 원의 적자를 냈을 때인데, 그런 회사를 코스닥에 등록시켜야 했으니 얼마나 힘들었겠는가. 2주일 동안 자료 만드느라 집에도 들어가지 못하고, 나중에는 신경성 위염까지 걸렸다. 직원들도 긴장하기는 마찬가지였다. 거의 매일 밤을 세워 가며 자료를 만들었고, 심사 당일 전까지 기도하는 마음으로 결과를 기다렸다.

준비한 자료를 나눠 주고 심사 위원들 앞에서 옥션의 미래를 설명하는데, 저절로 흐르는 눈물을 감출 수가 없었다. 다행히 심사 위원들은 옥션을 코스닥에 등록시키기로 결정했다. 후에 벤처 거품론에도 불구하고 심사 위원들이 이런 결정을 내렸던 데에는 인터넷 전자 상거래에 대한 나의 열정이 가장 크게 작용했다는 이야기를 들었다. 이런 나의 열정은 사업을 운영하는 데에도 큰 역할을 했다.

1999년 나는 '인터넷이 세상을 바꾸어 놓을 것'이라는 확신을 갖고 소위 잘나가던 직장을 때려치우고 벤처로 뛰어들었다. 그리고 그때까지 무료 서비스를 해왔던 옥션을 유료화했다. 창업자들의 반대가 거셌지만, 그들을 설득시키는 데 성공했다. 다른 경매 사이트들이 모두 무료 서비스를 하고 있는 상황에서 수수료 1.5퍼센트는 적지 않은 부담이었고 많은 회원들이 떠나갔다. 하지만 이들은 한 달이 채 되지 않아 모두 되돌아왔고, 그간 쌓은 경험과 노하우를 바탕으로 경쟁 업체들이 생각하지 못한 새로운 경매 서비스를 개발하면서 서비스의 차별화를 실현해 갔다.

옥션을 세계 최대의 경매 회사인 이베이eBay에 매각할 때도 마찬가지였다. 인수 협상을 위해 미국을 방문했을 때 나는 이베이 경영진 앞에서 20분 동안 영어로 나의 지식 비전을 설명했고, 설명이 끝난 후 그들로부터 '동감likemind의 박수'를 받았다. 이베이가 70여 개가 넘는 한국의 기업들의 러브콜을 뿌리치고 옥션을 선택한 것은 최고 경영자가 직접 자신의 비전을 영어로 설명할 수 있는 열정에 매력을 느꼈기 때문이었다고 한다.

열정은 특별한 마력을 지니고 있다. '뜻이 있는 곳에 길이 있다'고 했던가. 간절히 원한다는 것은 열정을 내포한다. 또한 원한다는 것은 뚜렷한 목표, 즉 꿈을 전제로 하는 것이기도 하다. 지금도 밤에 잠자리에 들 때면 스스로에게 자문한다. 과연 오늘 하루를 열정을 갖고 살았는가. 내가 만나는 사람들에게 정성을 다하고, 진솔한 자세로 임했는가. 의사 결정에 있어서 얼마나 진지하게 고민했으며, 결정된 사항을 추진함에 있어 최선을 다했는지 돌이켜 본다. 그리고 열정으로 가득한 일상 속에서 진정으로 살아 있음을 느끼게 된다.

✱ 이금룡 | 성공한 벤처 1세대로서 '인터넷 전도사'라는 별명을 가지고 있습니다. 인터넷 쇼핑몰인 삼성몰을 구축했을 뿐 아니라 경매 업체 옥션의 성공 신화를 연출하면서 사이버 장터의 붐을 일으킨 장본인이기도 합니다. 현재는 넷피아 대표 이사로 일하고 있습니다.

친절이 가장 남는 장사입니다

_박은희

어느 때였던가. 무심히 동료 연주자와 마주 앉아 이런저런 살아가며 섭섭했던 사람들과의 관계를 이야기하던 중, 그가 가만히 나를 쳐다보며 던진 말이다. 지극히 평범한 이야기가 어떤 때는 가슴에 콱 박혀서 오래도록 남는 때가 있다. "친절이 가장 남는 장사입니다"라는 평범한 이 한마디도 그 순간 내게는 엄청난 울림으로 다가왔다.

사실 어느 누구에게나 친절을 베풀어야 하는 것인지, 어떤 사람에게는 절대 그래선 안 되는 것인지 헤아리기 힘들어질 때도 있다. 서로가 받으면 좋고 주면 더 좋을 친절을 유독 자신이 좋아하고 마음에 드는 사람만, 게다가 안면이 있는 사람에게만 베풀거나, 본인 기분이 좋을 땐 친절하다가도 심통이 나면 우락부락한 표정과 말투로 상대방을 상처받게 하는 그런 씁쓸한 장면들을 너무 많이 보기 때문일 것이다. 그런데 열을 올리며 자기주장을 펴는 독선적인 사람, 무례하게 남을 무시하며 투덜대는 사람 앞에서까지도 친절은 가장 남는 장사라고 이 친구는 말하는 것이 아닌가.

그렇다면 친절은 어떤 모습이어야 진정한 의미를 지닐 수 있을까. 친절은 결국 겸손함에서 비롯되는 말투와 행동이라고 생각한다. 물론 가식이 들어 있는 친절도 있을 수 있겠지만 친절을 베풀 때 사람은 그 표정부터가 아름답다. 그래서 친절하게 대하면 대할수록 상대방뿐만 아니라 본인에게도 여유로움과 관용을 보일 수 있는 넉넉한 자리가 생기는 것이다.

지금 생각해 보면 아마도 그때 그는 내게서 솟구치는 분노와 격정을 보았던 것 같다. 그래서 그 분노를 가라앉힐 수 있는 방법으로 친절의 중요성을 강조하면서 마음의 평정을 찾도록 권유했던 게 아닐까. 설사 상대방이 친절을 베풀고 싶지 않은 사람이라 해도 모든 이에게 친절함을 보여 줄 때, 상대방의 마음도 누그러지고 나의 의도를 충분히 이해하고 잘 받아들일 수 있을 것이라고 말하고 싶었던 것이리라. 워낙 급한 성격인 나를 누구보다 잘 이해했던 후배 동료의 이러한 배려와 친절이 그때만큼 귀하게 여겨졌던 때는 없었다.

친절. 쉽게 받아들일 수 있는 단어임에도 불구하고 실천하기는 그리 쉽지 않은 것 같다. 참을성이 없어서이기도 하겠지만, 친절이란 남을 배려하는 마음과 이해하려는 태도가 우선될 때 자연스레 배어 나오는 것이기 때문이다. 실로 큰 해답을 찾은 듯 그를 바라보았다. 후배의 사려 깊은 마음이 느껴졌다.

많은 사람들을 대해야 하는 내게 그때 그의 말 한마디는 지금껏 마음 깊은 곳에 남아 큰 도움이 되었다. 오늘도 친절이 이 세상 살아가는 데 가장 남는 장사라는 말의 뜻을 되새기며 청중 앞에 나선다.

✽ 박은희 | 피아니스트이며, 한국페스티발앙상블에서 음악 감독으로 일하고 있습니다. 맨해튼 음대와 서울대 음악대학 대학원을 졸업하였습니다. 한국방송 제1FM에서 〈세계 음악의 현장〉, 〈그대의 음악실〉 등의 진행자로 활동하는 등, 클래식 음악으로 보다 많은 사람들에게 다가가고자 노력해 왔습니다.

머뭇거리지 말고 시작해

1판 1쇄 발행 2005년 12월 5일
1판 27쇄 발행 2020년 8월 10일

지은이 공선옥, 곽재구, 박재동, 박완서, 안도현, 한비야 외
그린이 김성신
펴낸이 김성구

주간 이동은
콘텐츠사업본부 고혁 현미나 송은하
디자인 이영민
제 작 신태섭
전략마케팅본부 최윤호 나길훈 이서윤 김지원
관 리 노신영

펴낸곳 ㈜샘터사
등 록 2001년 10월 15일 제1-2923호
주 소 서울시 종로구 창경궁로35길 26 2층 (03076)
전 화 02-763-8965(콘텐츠사업본부) 02-763-8966(전략마케팅본부)
팩 스 02-3672-1873 **이메일** book@isamtoh.com **홈페이지** www.isamtoh.com

© 샘터, 2005, Printed in Korea.

ISBN 978-89-464-1529-4 03810

이 도서의 국립중앙도서관 출판시도서목록(CIP)은 서지정보유통지원시스템 홈페이지(http://seoji.nl.go.kr)와
국가자료공동목록시스템(http://www.nl.go.kr/kolisnet)에서 이용하실 수 있습니다.
(CIP제어번호:CIP2005002458)

값은 뒤표지에 있습니다.
잘못 만들어진 책은 구입처에서 교환해 드립니다.